Leslie Margolis

EINMAL SOMMER UND ZURÜCK

Leslie Margolis

Einmal Sommer und zurück

Aus dem Amerikanischen
von Christiane Wagler

cbt

Bei diesem Buch wurden die durch das verwendete Material und die Produktion entstandenen CO_2-Emissionen ausgeglichen, indem der cbj-Verlag ein Projekt zur Aufforstung in Brasilien unterstützt. Weitere Informationen zu dem Projekt unter: www.ClimatePartner.com/14044-1912-1001

FSC
www.fsc.org
MIX
Papier aus verantwortungsvollen Quellen
FSC® C014496

Wir produzieren
Klimaneutral
ClimatePartner.com/14044-1912-1001
Druckprodukt

Verlagsgruppe Random House
FSC® N001967

1. Auflage 2020
Erstmals als cbt Taschenbuch Juni 2020

Die Originalausgabe erschien 2015 unter dem Titel »If I Were You«
bei Farrar Straus Giroux Books for Young Readers, New York

Übersetzung: Christiane Wagler
Umschlaggestaltung: Suse Kopp, Hamburg
unter Verwendung eines Fotos von © Gettyimages (Preappy)
MP · Herstellung: AS
Satz: Buch-Werkstatt GmbH, Bad Aibling
Druck und Bindung: GGP Media GmbH, Pößneck
ISBN 978-3-570-31101-1
Printed in Germany

www.cbj-verlag.de

Dieses Buch ist auch als E-Book erhältlich.

Katie

Hokuspokus, Strandbus

Der Sommer war eine Katastrophe. Und damit meine ich Mega-Katastrophe! Und das ist alles Melodys Schuld. Was echt lustig ist, weil sie angeblich meine beste Freundin ist und es der Sommer unseres Lebens hätte werden sollen.

Wir sind beide im Juni dreizehn geworden und damit endlich alt genug, um allein mit dem Bus zur Crescent Moon Bay zu fahren. Crescent Moon Bay, falls jemand das nicht weiß, ist der spektakulärste Strand in Malibu.

Melody und ich hatten einen Haufen Pläne, und in keinem davon ging es darum, dass sie mir meinen zukünftigen Freund ausspannt oder ich mit meinen beiden vierjährigen Stiefbrüdern allein an den Strand latschen muss. Aber tja, genau so ist es gekommen. Heute ist der letzte Tag der Sommerferien und Kevin hält Melody im Arm. Und ich? Ich halte Händchen mit Ryan und Reese, wir drei sind verklebt und riechen fett nach Erdnussbutter und Blaubeermarmelade.

Der Strandbus fährt einmal in der Stunde, und

daher ist es einfach nur Pech, dass wir zufällig im gleichen landen. Noch schlimmer ist, dass Melody und Kevin zuerst eingestiegen sind und sich in die dritte Reihe gesetzt haben, sodass den beiden Zwergen und mir nichts anderes übrig bleibt, als an ihnen vorbeizulaufen.

Wenigstens sind sie total ineinander versunken. So bemerken sie mich vielleicht nicht, obwohl ich kaum zu übersehen bin. Ich bin ein Albatros, nur nicht ganz so grazil, und ich habe nicht nur meine Stiefbrüder, sondern auch die unförmigste Umhängetasche des Universums im Schlepptau. Ich trage Snacks, Handtücher, Sonnenschutz und viel zu viel Spielzeug: Fußbälle, einen Baseball, Eimer und Schaufeln, große Plastiklaster und eine riesige Plüsch-Schildkröte mit Sonnenbrille, ohne die die Jungen, wie sie behaupten, keine Sekunde auskommen können.

Wir sind gerade erst eingestiegen, und Ryan fragt schon, ob wir bald da sind.

»Der Bus hat sich noch nicht mal in Bewegung gesetzt«, flüstere ich.

»Wann fährt er denn los?«, erkundigt sich Reese.

»Sobald alle einen Platz gefunden haben.« Gleich müssen wir an Melody und Kevin vorbei. Ich bin mir sicher, dass sie uns hören können, und wünschte, Reese würde leise sprechen.

»Ich habe einen Stein im Schuh«, verkündet Ryan.

»Schildkröte verliert ihre Sonnenbrille«, sagt Reese noch lauter.

Als ob sie es darauf angelegt hätten, mich zu demütigen.

»Können wir bitte weitergehen?« Ich scheuche sie vorwärts und bin kurz vorm Losheulen, weil das alles einfach nicht fair ist. Ursprünglich hatte Melody ja versprochen, mit Ryan und Reese an den Strand zu fahren. Das war natürlich, bevor ich heimlich beobachtet habe, wie sie und Kevin sich letzten Samstagabend in Melodys Whirlpool geküsst haben.

Aber das Absurde daran ist, dass ich mir, obwohl ich derart wütend und gekränkt bin, tief im Inneren doch wünsche, sie wäre bei uns. Das Leben ist einfacher mit Melody. Sie hat so eine süße, liebenswürdige Art. Und Ryan und Reese lassen sich von ihr sogar etwas sagen. Mom behauptet, das liege daran, dass sie nicht ihre Stiefschwester und seltener da sei. Aber ich weiß es besser. Meine Stiefbrüder hören auf Melody, weil sie Jungs sind, denn alle Jungen mögen Melody lieber, selbst Vierjährige.

Wir beide verkörpern das universale Gesetz der Gegensätze. Melody zieht Jungen magisch an. Ich schrecke sie ab.

Wir sind schon fast an den Turteltäubchen vorbei und demzufolge praktisch aus dem Schneider, als Ryan Melody entdeckt und aus Leibeskräften ihren Namen brüllt: »Melo!«

Melo ist unser Spitzname für Melody. Er steht für »mellow«, also sanft, denn das ist sie, und für »Marshmallow«, denn die mag sie für ihr Leben gern. Wenn wir welche bei ihr zu Hause über dem Feuer rösten, nimmt sie sich immer mindestens drei extra.

Kevin und Melody schauen überrascht zu uns hinüber.

Ryan lässt meine Hand los und klettert auf ihren Sitz, obwohl dort kaum noch Platz ist. Melody rückt näher an Kevin heran, sodass sich jetzt auch noch ihre Beine berühren.

»Hey, Jungs«, sagt Melody, und ihre Miene hellt sich auf, als sie meine Stiefbrüder sieht. Sie zerzaust Ryans Haar, schenkt Reese ein Lächeln und hebt nicht einmal den Blick, um mich zur Kenntnis zu nehmen.

Auch Kevin ignoriert mich und das tut weh. »Hey, ihr kleinen Racker«, sagt er sanft, während er sich über Melody beugt und seine Hand ausstreckt. »Wer gibt mir fünf?«

Ryan und Reese streiten sich darum, wer Kevin zuerst abklatschen darf.

Derweil kämpfe ich mit den Tränen und bin froh, dass meine Augen hinter einer gigantischen Sonnenbrille mit herzförmigem Gestell und roten Glitzersteinen verborgen sind. *Yes*, meine Sonnenbrille ist abgrundhässlich und seit Jahrzehnten aus der

Mode, aber ich trage sie ja zum Spaß. Zumindest ist das meine Absicht. Doch im Moment habe ich das Gefühl, dass sie einfach nur dämlich aussieht. Wenigstens versteckt sie meine feuchten Augen. Ich richte mich auf, schiebe die Plüsch-Schildkröte tiefer in die Tasche hinein und versuche, etwas von meiner Würde zu bewahren.

»Können wir bei dir sitzen, Melody?«, bittet Reese in seinem süßesten Bettelstimmchen. Aber ganz offensichtlich ist dafür nicht genug Platz, und als er sich zu ihnen gesellen will, schiebt Ryan ihn wieder vom Sitz runter, weil er Melody für sich allein haben will.

Meine ehemalige beste Freundin lächelt und säuselt: »Wenn es hier bloß nicht so eng wäre. Nächstes Mal sitze ich bei dir. Okay?«

»Versprochen?«, fragt Reese.

»Versprochen«, erwidert Melody feierlich und hält ihre rechte Hand hoch wie die pflichtbewusste Pfadfinderin, die sie einst gewesen ist.

»Kommt, wir gehen weiter«, sage ich, fasse Ryan am Ellbogen und ziehe ihn vom Sitz.

Er blickt zu mir auf und fragt: »Weinst du?«

»Sei still!«, zische ich und schubse beide den Gang hinunter. Meine Monstertasche dotzt links und rechts gegen die Passagiere, ich höre sie grummeln und »Aua!« rufen, doch in meiner Hast blicke ich mich nicht einmal um oder entschuldige mich.

»Ich will neben Melo sitzen«, jammert Ryan.

»Das geht nicht!«, erwidere ich und fühle mich wie die gemeinste Schwester in der ganzen weiten Welt.

Wir drei quetschen uns auf einen Sitz zwölf Reihen weiter hinten. Er ist außer Hörweite von Kevin und Melody, aber nah genug, um Kevins perfekten Hinterkopf bewundern zu können.

Kevin trägt eine verblichene rote Baseballmütze. Aber selbst die scheint von seiner Aura zu strahlen, wie überhaupt alles an ihm - seine Haut, sein wuscheliges Haar, seine langen, schlanken Glieder. Ich schmelze dahin. Und befehle mir sofort, damit aufzuhören, doch dadurch werde ich erst richtig schwach. Oh Mann!

Wenigstens lassen er und Melody jetzt die Finger voneinander. Sie liest ein Buch, und Kevin blickt einfach geradeaus und befasst sich vermutlich mit etwas so Coolem wie zu meditieren oder sich vorzustellen, wie er auf einem Surfbrett aussieht, oder ein romantisches Date mit Melo zu planen oder stumm ein abgefahrenes Gedicht zu rezitieren. Vielleicht auch alles gleichzeitig.

Ich weiß nicht, was sie für ein Problem hat. An Melodys Stelle würde ich kein ödes Buch lesen. Ich würde dem perfektesten Vertreter der Gattung Junge direkt neben mir meine ganze Aufmerksamkeit schenken.

Als ich sie gähnen sehe, ticke ich fast aus. Das ist *so* ungerecht, dass ich laut schreien möchte! Melody und ich waren uns einig, dass Kevin mir gehört. Das haben wir schon vor Monaten besprochen, weil sie Kevin nicht so gern hat wie ich. Kann sie gar nicht! Selbst wenn, ich hab ihn zuerst gesehen. Und außerdem – wie viel Glück hat ein Mädchen verdient? Melody hat doch schon alles: perfekte Eltern, die nicht geschieden sind und tatsächlich miteinander auskommen, ein Riesenhaus mit eigenem Whirlpool und einen Swimmingpool mit Rutsche.

Ach ja, ihr Aussehen nicht zu vergessen. Melody ist *um-wer-fend*. Sie hat lockiges, blondes, samtweiches Haar, natürlich kein bisschen widerspenstig. Ihre Augen sind so blau wie die Karibik, nicht dass ich je dort gewesen wäre, um das einschätzen zu können. Mein Wissen stammt von der Jumbopackung Buntstifte von Ryan und Reese.

Melody hingegen kennt die Karibik, weil sie jedes Jahr dorthin mit ihrer Großmutter in den Urlaub fährt. Sie war schon überall: auf den Turks- und Caicosinseln, auf St. John, St. Thomas, Saint-Barthélemy und Barbados.

Moment. Gehört Barbados überhaupt zur Karibik? Wohl eher nicht, aber ich weiß es nicht genau. Natürlich spielt es keine Rolle, ob ich es weiß oder nicht. Da komme ich sowieso niemals hin.

Ich komme bloß nach Seattle, weil mein Dad

nach der Scheidung meiner Eltern vor vier Jahren dorthin gezogen ist.

Seattle! Die Berge sind grün und imposant, was aber nutzlos ist, weil es immerzu kalt, düster und verregnet ist und man eh nicht rauskann. Zu allem Überfluss ist mein Dad mit einer Tierpräparatorin verheiratet. Ganz recht, meine Stiefmutter verdient ihre Kohle damit, tote Tiere auszustopfen. Wenn das nicht abartig ist! Klar nimmt sie ihre Arbeit auch mit heim. Das Haus ist vollgestopft mit allen möglichen toten Viechern, von winzigen weißen Mäusen bis zu mächtigen Elchen und allem dazwischen.

Habe ich erwähnt, dass ich Vegetarierin bin?

Ich bin Vegetarierin, und von toten Tieren umgeben zu sein, von denen die meisten zum Vergnügen gejagt und dann zum Angeben ausgestopft wurden, ist echt das Letzte. Deshalb lasse ich mich selten dort blicken. Nur, wie gerichtlich beschlossen, alle zwei Jahre zu Weihnachten, Thanksgiving und in den Frühlingsferien.

Die meiste Zeit verbringe ich in Braymar in einem engen, lauten, vollgerümpelten Haus mit meiner Mom und ihrem neuen Mann Jeff sowie seinen Kindern Ryan und Reese. Die drei sind letztes Jahr bei uns eingezogen.

Jeff ist ein netter Kerl und auch die beiden Minis habe ich ins Herz geschlossen. Es ist die Geschichte von Jeff und meiner Mom, die mir an die Nieren geht. Als sie sich ineinander verliebten, war es für beide das erste Mal. Sie gingen die ganze sechste Klasse miteinander, bis Jeff mit seiner Familie nach England zog. Das heißt, die Liebe, die sie mit elf füreinander empfanden, war so rein und echt, dass sie all die Jahre, die Irrungen und Wirrungen des Lebens, die Distanz zwischen zwei Kontinenten sowie die Ehen und Kinder mit anderen Partnern überstanden hat, bis sie schließlich ein Happy End fand.

So erzählen es jedenfalls alle. Den Leuten gefällt ihre Geschichte. Und es ist ja auch schön, wunderbar und romantisch für die beiden, aber es setzt mich megamäßig unter Druck. Und warum wohl? Weil ich schon dreizehn bin und noch nie einen Freund hatte. Noch. Nie.

Ich war schon tausendmal verknallt, aber soweit ich weiß, hat niemand meine Gefühle je erwidert. Ich bin einfach absolut nicht der Typ Mädchen, in den sich jemand verguckt. Aber ich hatte mir geschworen, dass sich das in diesem Sommer ändert. Nach dem Ende der siebten Klasse im Juni hätte sich mein Schicksal wenden sollen. Der Sommer lag vor mir, und ich war endlich bereit, ein normales Teenagerdasein zu führen - mich nicht an vereinbarte Zeiten zu halten, mich heimlich aus dem Haus zu schleichen, auf wilde Partys zu gehen und süße Jungs kennenzulernen. Nur leider ist es nicht dazu gekommen und morgen fängt die Schule wieder an. Ich bin gescheitert. Auf der ganzen Linie. Und jetzt ist es zu spät.

Ich werde niemals eine so junge Liebe erfahren, einen Freund haben, von dem ich mich trennen und Jahre später zu ihm zurückkehren kann. Und auch das kommende Schuljahr werde ich wohl allein zubringen. Ich werde mir nicht einmal die Mühe machen, zur Disko zu gehen. Warum soll ich dort aufkreuzen, um dann den ganzen Abend allein herumzustehen? Keiner wird mich zum Tanzen auffordern, höchstens einer von den Erwachsenen aus Mitleid. Ich werde als trottelige Einzelgängerin bekannt werden und mein mieser Ruf wird mir auf die Highschool vorauseilen.

Ich werde nicht zum Homecoming-Ball gehen.

Ich werde nicht zum Abschlussball gehen.

Ich werde allein alt und grau werden und mit Bitterkeit an meine Jugend denken.

Ebenso gut könnte ich gleich die Segel streichen und meiner Mom mitteilen, dass ich zu Hause unterrichtet werden möchte. Nicht dass meine Mutter die Zeit dafür hätte. Sie ist zu beschäftigt damit, arbeiten zu gehen und den Zwillingen zu helfen, sich in unsere Patchwork-Familie einzuleben. Aber warum beschwere ich mich darüber? Es ist ja nicht so, dass ich im Moment mehr Zeit mit meiner Mom verbringen möchte.

Ich bin so verzweifelt, dass ich nicht weiß, wohin mit mir, doch wenigstens sind wir jetzt fast am Strand. Ich bin diese Strecke schon unzählige Male gefahren und kenne jede Biegung auf der kurvenreichen Straße durch die Schlucht.

Als Melody und ich in der zweiten Klasse waren, fuhren unsere Mütter im Sommer fast jeden Tag mit uns zur Crescent Moon Bay. Damals war das Leben perfekt, einfach und lustig. Melody und ich waren beste Freundinnen und interessierten uns eher dafür, mit unseren Boards im Wasser rumzuplanschen, als für Jungs.

Wir spielten immer das Wünsch-dir-was-Spiel, wenn wir zum Crescent Moon Tunnel kamen, der auf halbem Weg zwischen der Stadt und dem Strand liegt. Der lange, dunkle und spektakuläre Tunnel ist aus einem riesigen Bergmassiv gehauen. Sobald man ihn hinter sich lässt, sieht man den Ozean.

Der Übergang von einer verschlafenen Vorstadt zu einem atemberaubenden Strand in Malibu in weniger als einer Minute erscheint mir schon ziemlich magisch, aber Melody hat immer Stein und Bein geschworen, dass unsere Wünsche sich erfüllen, wenn wir es nur richtig anstellen. »Du musst die Luft anhalten, die Augen fest schließen und dir ganz doll was wünschen«, hat sie mir erklärt.

Früher habe ich ihr geglaubt und es jedes Mal versucht.

In jenem ersten Sommer wünschte ich mir, dass meine Eltern sich nicht mehr anschreien würden. Doch stattdessen ließen sie sich scheiden. Im Sommer darauf wünschte ich mir ein Pony zu Weihnachten. Aber als der Dezember kam, bekam ich einen Strickkurs geschenkt. Jawohl, einen *Strickkurs.* Mom glaubte, es sei eine schöne Erfahrung, die uns einander nahebringen würde. So drückte sie sich tatsächlich aus: *Wir lernen es zusammen, und es wird eine schöne Erfahrung, die uns einander nahebringt.* Als ob sie einen Ratgeber über den Umgang mit Kindern in der Vorpubertät gelesen hätte – einen von vor hundert Jahren.

Um es kurz zu machen: Die einzige Annäherung bestand am Ende darin, dass wir den Strickkurs beide echt schrecklich fanden. Danach habe ich aufgehört, mir etwas zu wünschen.

Aber heute schließe ich die Augen. Es ist Labor Day, der letzte offizielle Ferientag. Morgen komme ich in die achte Klasse. Und vermutlich werde ich, um Melody nicht über den Weg zu laufen, ohnehin nie wieder den Bus zum Strand nehmen, also was habe ich schon zu verlieren?

Ich gehe mit keinem Jungen, habe keine beste Freundin, und an beidem wird sich in Zukunft wohl auch nichts mehr ändern.

Ich sitze eingezwängt zwischen meinen Stiefbrüdern.

Ryan popelt in der Nase, aber ich habe nicht die Energie, ihn deshalb zurechtzuweisen. Reese tritt gegen den Vordersitz, auf dem eine Frau Platz genommen hat, und ich merke, dass sie kurz davor ist, sich umzudrehen und uns anzuschreien, und dann werde ich auch diese Wogen glätten müssen. Aber im Moment bin ich frei.

Da ich immer noch meine Sonnenbrille trage, wird keiner merken, was ich tue. Außerdem weiß ich eh schon, was ich will. Das ist mir in null Komma nichts eingefallen, als ob der Gedanke schon lange in meinem Kopf geschlummert hätte. Mein Herzenswunsch ist traurig und dumm, aber leider trotzdem wahr.

Ich wünschte, ich hätte noch einmal Sommerferien, aber diesmal als Melody. Ich sage die Worte im Flüsterton, denn Wünsche erfüllen sich nur, wenn man sie ausspricht.

Ich höre, wie Ryan »Was?« fragt, und ich sehe aus dem Augenwinkel, dass Reese neugierig zu mir aufschaut.

Ich ignoriere die Jungs, atme tief ein und halte dann den Atem an.

Der Bus brettert weiter.

Selbst mit fest geschlossenen Augen merke ich, dass wir im Tunnel sind, denn es ist kühl und dunkel. Ich fühle, wie sich die Härchen auf meinen Armen aufrichten. Ich bekomme eine Gänsehaut und mich durchfährt ein Schauer. Ich presse die Augen noch fester zusammen und wünsche mir mit jeder Faser meines Herzens, Melody zu sein.

Plötzlich verspüre ich ein eigenartiges, heftiges Prickeln, als wäre mein ganzer Körper von Nadeln überzogen. Dann geht durch mein Inneres ein Ruck. Zuerst glaube ich, dass es von meinem Herzen kommt. Aber das kann nicht sein. Herzen rucken nicht und meines liegt ohnehin in Scherben.

Vielleicht kommt mir ja gleich das Käse-Ei-Sandwich wieder hoch, das ich hinuntergeschlungen habe, bevor wir zum Bus gelaufen sind. Mir ist noch nie beim Fahren schlecht geworden, aber es würde zu mir und meinem Glück passen, mich vor Kevin im Strandbus übergeben zu müssen.

Klar, wir sitzen weit hinter Kevin, aber er würde es mit Sicherheit riechen. Dann würde er sich wahrscheinlich umdrehen, bevor ich mir das Gesicht abwischen kann, und – *bäh!* – seine angewiderte Miene kann ich mir gut vorstellen.

Doch dann lassen das Rucken und das prickelnde Gefühl nach. Alles beruhigt sich, mein Magen eingeschlossen.

Die Sonne scheint durch die Fenster und wärmt

mir die Glieder. Wir sind aus dem Tunnel heraus und es geht mir gut.

Ich öffne die Augen und sehe etwas Blaues. Jetzt hüpft mein Herz. Das Leben nervt ziemlich, stimmt schon. Melody mag mich hintergangen und ich keine echte Chance bei Kevin haben - aber mir bleibt immer noch die Crescent Moon Bay. Ich kann schon die Wellen sich am Strand brechen hören und die salzige, frische Luft riechen.

Dann fällt mir etwas Merkwürdiges auf. Ich sitze nicht mehr hinten im Bus, sondern eher in der Mitte. Und außerdem? Ryan und Reese sind nicht mehr da. Wo sind sie? Habe ich meine Stiefbrüder verloren? Falls ja, bin ich erledigt.

Ich schaue mich um, aber kann sie nirgendwo entdecken. Doch ich bin nicht allein. Jemand sitzt neben mir und sie ist ungefähr so groß wie ich.

Ich blinzle und halte dann den Atem an, denn ich schaue in einen Spiegel. Abgesehen davon, dass das unmöglich ist. Es gibt keinen Spiegel an meinem Sitz.

Und doch blicke ich auf mein Ebenbild und es ist nicht zweidimensional. Ich sehe mich in Fleisch und Blut - *weil ich nicht mehr in meinem Körper stecke!*

»Was geht hier vor?«, frage ich mich. Also das »Mich«, das wie ich aussieht, wie Katie, mit den langen dunklen Haaren, grünen Augen und den blassen, sommersprossigen Beinen, die aus meinen abgeschnittenen Jeans herausragen. Die Shorts, die ich am ersten Tag der Sommerferien getragen und noch am gleichen Tag verbummelt habe. Meine Lieblingsshorts, die ich für immer verloren glaubte.

Und jetzt sind sie plötzlich wieder da? Cool!

Aber Moment mal. Wie kann ich sie jetzt tragen, wo ich sie doch heute Morgen gar nicht angezogen habe?

Und wie kann ich nicht ich selbst sein?

Es sei denn ...

Nein, Wünsche werden nicht wahr. Besonders nicht meine.

Und doch ähnelt die ganze Situation erschreckend meinem ersten Ferientag.

»Katie, bist du das?«, fragt mich das Mädchen, das wie ich aussieht. Ihre Stimme klingt genauso wie meine. Die Stimme gehört mir und kommt aus einem Mund, der ebenfalls mir gehört, abgesehen davon, dass ich nicht mehr ich selbst bin. Ich bin nicht mehr Katie.

Ich fahre mit den Fingern durch meine langen, wilden, blonden Locken. Ich schaue hinunter auf die weiße Baumwoll-Strickjacke über dem rosafarbenen Strandkleid mit weißen Punkten, das unten mit Rüschen besetzt ist. So war Melody am ersten Ferientag gekleidet. Nur Melody kann so etwas tragen.

Und das ist der Moment, in dem mir das völlig Unmögliche klar wird: Mein Wunsch hat sich erfüllt!

Ich erlebe die Sommerferien noch einmal.

Wir sind wieder am ersten Tag.

Nur dass ich diesmal Melody bin.

Melody

Das Glück hat Sommersprossen

Ich bin Katie! Ich bin Katie! Ich bin Katie!

Als wir aus dem Bus aussteigen und zum Strand laufen, verspüre ich den Drang zu hüpfen. Ich fühle mich, als ob ich auf riesigen, flauschigen, rosa Wolken dahinschwebe. Ich kann mich nicht daran erinnern, jemals so froh gewesen zu sein. In meinem ganzen Leben noch nicht. Und überwältigt, denn das hier geschieht gerade wirklich.

Seit Jahren beneide ich Katie um ihr Leben, fast ebenso lang schon will ich so sein wie sie, und nun bin ich es, inklusive der schmalen, sommersprossigen, blassen Arme und den superglatten Haaren und ihren großen grünen Augen, denen nichts entgeht. Dank der roten, glitzernden Sonnenbrille und den abgeschnittenen Jeans sehe ich wie ein freches Gör aus, aber das ist okay. Eigentlich mehr als nur okay, es ist perfekt. Ich habe mir immer gewünscht, noch einmal einen Sommer lang ein freches Gör sein zu dürfen. Was könnte schöner sein?

Als Katie und ich klein waren, malten wir den

ganzen Nachmittag mit Kreide auf den Fußweg, buken Schlammtörtchen, gruben Löcher und hüpften mit dem Springseil. Damals fuhren unsere Mütter uns an den Strand, wo wir stundenlang den Wellen hinterherjagten, durch das knietiefe Wasser wateten und unsere schmalen Oberkörper mutig der Gefahr entgegenstellten. Sobald eine Welle uns auch nur zu berühren drohte, rannten wir laut kreischend zu unseren Müttern zurück und brachen dann kichernd auf unseren sonnenwarmen Handtüchern zusammen.

Wir bauten raffinierte Burganlagen aus Sand, die wir mit Gräben, Brücken aus Seetang und Wegen aus Kieselsteinen versahen. Wir rannten die Dünen hoch und runter und lümmelten herum, bis uns schließlich die Mägen knurrten. Dann stopften wir uns Brote mit Erdnussbutter und Marmelade in den Mund und kicherten, weil unsere Sandwiches, obwohl die Erdnussbutter zerlaufen war, trotzdem knirschten. Wir wischten uns den Mund mit dem Rücken unserer gebräunten, klebrigen Hände ab, während das warme Sonnenlicht Sommersprossen auf unsere Schultern tupfte. Die Möwen kreisten über unseren Köpfen und schielten nach unserem Essen.

Mehr als einmal machten sich diese lästigen Biester – oder *fliegenden Ratten*, wie Katie sie nannte – mit den besten Stücken unseres Mittagessens aus dem Staub, und wir vergossen echte Tränen und waren untröstlich, weil der Verlust von ein paar Kartoffelchips und *Oreo*-Keksen das Schlimmste war, was uns passieren konnte.

Damals waren Jungs uns egal. Langweilig. Punkt.

Heute würde sich meine Mom lieber ein Auge ausstechen lassen, als mir irgendein Essen zu verabreichen, das nicht aus biologischem Anbau stammt. Jetzt sind Katie und ich zu alt, um Sandburgen zu bauen und in der Gischt zu planschen. Nun liegen wir in der Sonne, gehen spazieren und reden, aber die Sommer sind trotzdem noch zauberhaft und wunderschön. Jedes Jahr wünsche ich mir im Tunnel, der Sommer möge noch einmal beginnen, halte den Atem an, drücke die Daumen und Zehen und presse meine Augen so fest zusammen, dass blaue und rote Funken hinter meinen Lidern tanzen, aber es hat nie etwas gebracht.

Bis auf dieses Jahr.

Dieses Jahr war mein Wunsch etwas anders.

Dieses Jahr habe ich mir mit aller Macht gewünscht, den Sommer noch einmal *als Katie* zu verbringen. Und sie muss sich genau das Gleiche gewünscht haben, denn es hat funktioniert.

Wir haben den Platz getauscht!

»Wie toll ist das denn?«, frage ich Katie – die echte Katie, die derzeit meinen Körper bewohnt.

Wir sind aus dem Bus ausgestiegen, stehen auf

dem Parkplatz, und ich bin so aufgeregt, dass ich auf- und abspringe. In Katies Körper fühle ich mich leichtfüßiger und auch freier. Ich kann herumhüpfen, ohne Angst zu haben, dass mich irgendwelche Typen anzüglich mustern.

Katie steht reglos und ist mucksmäuschenstill. Sie starrt erst sich und dann mich an.

Ich ziehe sie von den Menschen weg, die einer nach dem anderen den Bus verlassen.

»Katie?«, flüstere ich. »Das bist du da drinnen, richtig?«

»Ich bin Melody«, antwortet sie wie in Trance.

»Na klar«, sage ich und grinse über das ganze Gesicht. »Du siehst aus wie ich und klingst sogar so. Aber dein Gehirn hast du behalten. Ist das nicht verrückt? Ich habe dir doch gesagt, das mit dem Tunnel funktioniert, wenn wir uns etwas nur fest genug wünschen.«

Katie schüttelt den Kopf, stur wie immer. »Das ist unmöglich. Im wahren Leben tauschen Menschen nicht den Körper. Das ist nur ein Traum. Ich muss auf dem Weg zum Strand eingeschlafen sein. Ich hoffe nur, ich schnarche oder sabbere nicht. Was, wenn ich nun schnarche *und* sabbere?«

Ich muss lachen. Denn trotz all ihrer Macken ist Katie oft zum Schreien komisch. »Glaubst du wirklich, du würdest dir in einem Traum darüber Gedanken machen?«, frage ich sie.

Sie antwortet nicht. Sie nimmt nicht einmal Notiz von mir, sondern schreitet über den Parkplatz und führt Selbstgespräche wie eine Geistesgestörte.

»Wenn Ryan und Reese das mitkriegen, werden sie es mir bis in alle Ewigkeit vorhalten. Und wenn Kevin das nun sieht? Wie viele Peinlichkeiten kann ein Mädchen ertragen?« Sie gestikuliert wild mit den Händen.

»Hör auf, dir Sorgen zu machen«, beruhige ich sie. »Das sind tolle Neuigkeiten. Wir haben genau das bekommen, was wir uns gewünscht haben, und gemeinsam können wir es auch durchziehen.«

Sie ignoriert mich. »Warte mal. Ich habe einen sehr leichten Schlaf. Schon immer. Wenn ich mich vollgesabbert hätte, wäre ich mit Sicherheit aufgewacht. Das Gleiche gilt fürs Schnarchen – ich hätte mich laut und deutlich gehört.«

»Siehst du«, sage ich und fasse ihre Hand, damit sie mir endlich Beachtung schenkt. »Das ist kein Traum! Gehen wir!«

Ich ziehe sie zum Strand. Crescent Moon Bay ist so überwältigend wie eh und je. Ich streife die Sandalen ab und vergrabe die Füße im warmen Sand. Ich wackle mit den Zehen. Mit Katies Zehen. Sie sind mit rotem Glitzer lackiert. Wir haben uns gestern Abend gegenseitig die Nägel angemalt. Katie gefällt alles, was rot und glitterig ist – darauf fährt sie immer ab. Ich mag es lieber abwechslungsreich. Gestern habe ich mich für rosafarbenen Nagellack mit weißen Punkten entschieden, passend zum Kleid. Und auf den großen Zehen für weiße Herzen mit türkisfarbenem Rand. Die sehen todschick aus, wenn ich das einmal sagen darf.

Aber wen interessiert schon Nagellack, wo wir doch endlich in Malibu sind. Das Wasser ist so blau, so endlos und wild, dass es mir den Atem verschlägt. Die brechenden Wellen sind Musik in meinen Ohren, mein Lieblingssong. Ich atme tief ein. Die Luft riecht nach einem Sommer voller Möglichkeiten, diese magische Mischung aus Salzwasser, Kokos-Sonnencreme, Würstchen und Frittenduft.

»Es fühlt sich so echt an«, staunt Katie und hält sich die freie Hand vor das Gesicht.

»Weil es echt ist«, erwidere ich und frage mich, wie oft ich es ihr noch erklären muss.

»Oh wow! Schau dir Kevin an«, sagt Katie und drückt meine Hand.

Als Kevin mit einem grünen Rucksack über der Schulter und einem Surfbrett unter dem Arm vorbeikommt, wird mir ein wenig mulmig. Kevin ist der letzte Mensch, den ich jetzt sehen will. Er ist der Grund, warum Katie und ich nicht mehr miteinander reden. Nicht mehr miteinander geredet haben, meine ich.

Nun bin ich doch verwirrt, weil die Sommerferien ja gerade noch einmal begonnen haben.

Wir unterhalten uns in der Gegenwart, aber in unseren Köpfen existiert die Realität des Sommers, der gerade zu Ende ging. Und die beinhaltet eine lange und komplizierte Geschichte. Und das ist Kevins Schuld. In gewissem Maße, denn wenn es ihn nicht geben würde, hätten Katie und ich keinen Krach miteinander. Okay, ich trage wahrscheinlich auch einen Teil der Verantwortung, denn ich habe Katie irgendwie hintergangen, aber ich hatte nie vor, ihr wehzutun. Ich habe nichts von ihm erzählt, weil ich sie nicht verletzen wollte. Doch wie es aussieht, ist mein Plan nach hinten losgegangen.

»Bist du mir noch böse?«, frage ich.

Meine beste Freundin schaut mich an. Es ist komisch, sie anzusehen und dabei in meine eigenen Augen zu blicken. Es ist nicht wie ein Spiegelbild, denn sie ist ein Mensch aus Fleisch und Blut, und ich könnte sie in den Bauch pieken, was ich natürlich niemals tun würde.

»Ich werde doch nicht diesen absolut wunderschönen Traum damit vergeuden, sauer auf dich zu sein«, sagt sie.

Ich beiße mir auf die Unterlippe und bin froh, dass wir uns nicht mehr streiten, aber trotzdem noch nervös.

»Und wenn es nun kein Traum ist?«, bohre ich weiter.

»Es ist der erste Tag der Sommerferien«, antwortet sie mit einem Schulterzucken. »Wir fangen noch mal von vorn an. Heute sehen wir Kevin zum ersten Mal, und keine von uns kennt ihn wirklich, richtig?«

Ich nicke und antworte: »Ähm, ja.«

Doch sobald meine Worte den Mund verlassen haben, bereue ich sie. Denn schon habe ich wieder gelogen. Katie glaubt, wir beide hätten Kevin am vierten Juli kennengelernt. Doch tatsächlich bin ich Kevin sehr viel früher begegnet, nämlich in den Weihnachtsferien, als er bei seinem Vater zu Besuch war. Aber das habe ich verschwiegen. Und das ist es, was mir diesen Schlamassel überhaupt eingebrockt hat. Kevin selbst, meine Lügen – und meine Lügen über Kevin.

Dabei hat alles ganz harmlos angefangen, das schwöre ich. Ich habe gedacht, es sei nur eine kleine Notlüge, aber dann wurde das Ganze immer größer. Und größer. Und größer.

Wie eine Art Spinnennetz aus Lügen, vor dem mein Vater mich immer gewarnt hat. Man erzählt eine Lüge, und dann muss man eine zweite erzählen, um die erste plausibel erscheinen zu lassen. Und dann denkt man sich noch eine aus, damit der ganze Schwindel nicht herauskommt, und dann noch eine und noch eine, und bald spannen sich die verwobenen Fäden der Lügen in alle Richtungen, und man selbst zappelt hilflos wie eine Fliege darin herum.

Ich bin eine Fliege im Lügennetz. Ich hänge fest. Nun haben wir die Zeit zurückgedreht. Und ich habe mich schon wieder verstrickt.

Das habe ich nicht erwartet, jetzt, wo ich Katie bin. Das Leben sollte doch nun einfacher und unkomplizierter sein. Aber das ist eben das Problem mit Jungs. Sie verkomplizieren alles.

Wie Kevin. Sobald ihn Katie zu Gesicht bekam, erzählte sie mir, sie sei in ihn verliebt und wolle mit ihm ausgehen. Wir haben uns darauf geeinigt, dass sie ihn haben kann, weil sie ihn zuerst gesehen hat, doch eigentlich war es gar keine Einigung. Katie hat die Entscheidung einfach für uns beide getroffen.

So ist es immer zwischen mir und Katie gewesen. Sie sagt, wo es langgeht, und ich folge ihr. Das läuft nun schon seit zehn Jahren so, seitdem wir beste Freundinnen sind und noch bevor wir überhaupt in ganzen Sätzen sprechen konnten. Aber in letzter Zeit hat sich das verändert. *Ich* hab mich verändert – oder zumindest würde ich es gern. Wir kommen bald in die achte Klasse und ich möchte nicht das ganze nächste Schuljahr wieder nach Katies Pfeife tanzen. Das möchte ich eigentlich keinen einzigen Tag mehr.

Doch obwohl ich das für mich so entschieden habe, habe ich es nie geschafft, ihr das auch zu sagen.

Vielleicht ist das ja ebenfalls ein Teil des Problems.

Katie

Seltsame Begegnung

Ich sehe wie Melody aus und fühle mich irgendwie auch wie sie. Obwohl es im wahren Leben nicht möglich ist, den Körper mit jemandem zu tauschen, habe ich schon zu viel Zeit damit verschwendet, mich über diese Tatsache aufzuregen. Ich kann diesen Traum ja ebenso gut einfach genießen.

»Suchen wir uns einen Platz in der Nähe des Wassers«, sage ich, nehme Melodys blütenweiße Umhängetasche und werfe sie mir über die Schulter. Das Handtuch darin ist ordentlich zusammengerollt. Es hat rosa- und türkisfarbene Streifen, ist weich und sieht teuer aus. Es ist schöner als mein altes Handtuch, aber das überrascht mich nicht. Natürlich hat Melody das schönste und beste Handtuch in ganz Malibu. Auch ihre Umhängetasche ist brandneu und enthält vier farblich aufeinander abgestimmte Beutel in Blassrosa, Dunkelrosé, Babyblau und Lavendel. Die habe ich noch nie gesehen und Melody wahrscheinlich auch nicht.

Melodys Mom geht gern einkaufen. Praktisch jeder Verkäufer in der Stadt kennt ihren Namen.

Außerdem werden täglich Sendungen von *Barneys*, *Bloomingdale's* und Läden, von denen ich noch nie etwas gehört habe, an ihrer Türschwelle abgegeben. Melody hat so viele neue Sachen, dass ich gar nicht mehr mitkomme. Sie manchmal auch nicht.

Ich nehme den blassrosa Beutel heraus und öffne den Reißverschluss. Darin finde ich Karotten-, Sellerie- und Yambohnen-Sticks. Nett! Melodys Mom hat mir einen Snack eingepackt. *Hat Melody einen Snack eingepackt*, meine ich. Und ich bin Melody. Das war sehr umsichtig von ihr, obwohl ich beim Herumkramen in der Tasche feststelle, dass sie den Dip vergessen hat.

Doch ich will mich nicht beschweren, denn in *meinem* Leben hat meine Mom nie Zeit für so etwas. Sie ist Pflichtverteidigerin und hat mit der Arbeit und dem Adoptionsverfahren von Ryan und Reese alle Hände voll zu tun. Die beiden haben keine andere Mom, aus einem Grund, der so traurig ist, dass ich darüber jetzt nicht nachdenken möchte. Und ich bin stolz auf meine Mom, dass sie Verantwortung für die beiden übernimmt, doch ich bin mir auch schmerzhaft darüber im Klaren, dass sie, Jeff und die Zwillinge ohne mich die perfekte Kleinfamilie wären. Sie sehen auch so aus, als gehörten sie zusammen. Die Zwillinge sagen schon *Mom* zu ihr und alle drei haben rotblondes Haar und große blaue Augen.

Und ich? Wenn ich *nicht* gerade in einem Traum Melody bin, sind meine Augen grün, meine Haare dunkelbraun und glatt, wie die meines Vaters. Mit anderen Worten bin ich praktisch der lebende, atmende Beweis des Riesenfehlers, den Mom mit ihrer ersten Ehe begangen hat.

Wenn wir fünf gemeinsam ausgehen, sehe ich eher wie die Babysitterin als die Stiefschwester der Zwillinge aus. Und so werde ich auch manchmal behandelt. Als Hausangestellte, na ja, außer dass ich nicht bezahlt werde. Um die Zwillinge darf ich mich umsonst kümmern, denn Mom sagt, das sei die Aufgabe von großen Schwestern.

Auf dem blauen Beutel steht »Sonnenschutz«. Ich öffne ihn, luge hinein und finde eine Tube mit Lichtschutzfaktor sechzig sowie eine Nachricht von Melodys Mom: *Vergiss nicht, dich jede Stunde und wenn du aus dem Wasser kommst, einzucremen. Du wirst mir noch dankbar dafür sein, wenn du erst einmal in meinem Alter bist. Ein Faltengesicht findet niemand schön!*

Der Zettel ist mit *In Liebe, Mom* und einem Smiley unterzeichnet. Der Smiley gefällt mir. Er ist supersüß.

Ich frage mich, warum Melody mir nie etwas von der Nachricht und dem Sonnenschutz erzählt hat. Vielleicht wollte sie mir nicht unter die Nase reiben, wie umsichtig ihre Mom immer ist, was sich von meiner, nun ja, eher nicht behaupten lässt.

Das ist wirklich schade, denn im wahren Leben war ich am Ende des ersten Ferientages krebsrot und hatte tagelang damit zu kämpfen. Die Schmerzen waren schon schlimm genug, aber dann musste ich mir auch noch einen Vortrag von meinem Stiefvater anhören, wie gefährlich es sei, sich hoher UV-Strahlung auszusetzen, und dass Sonnenbrände Hautkrebs begünstigen. Zu allem Übel musste ich den Rest der Woche einen überdimensionalen Schlapphut aufsetzen. Hüte stehen mir absolut nicht.

Ich werde unbedingt dafür sorgen, dass Melody (in meinem Körper) Lichtschutzfaktor sechzig aufträgt, auch wenn das hier alles nur ein Traum ist. *So* eine gute Freundin bin ich.

Das will ich ihr gerade sagen, als ich merke, dass sie schon vorausgegangen ist.

»Beeil dich«, ruft sie und wirft rasch einen Blick über die Schulter. Melody läuft schnell, mit schwingenden Armen, wie die Omas, die in unserem Viertel Power Walking machen, und sie sieht auch genauso lächerlich aus. Ihr fehlen nur noch der Trainingsanzug und die kleinen pinkfarbenen Zweipfundhanteln.

Ich überlege kurz, welche Figur ich wohl gerade abgebe, bis mir einfällt, dass nichts von all dem hier von Bedeutung ist. Es geschieht ja nicht in Wirklichkeit. Wir sind in einem magischen Traumland.

Und eigentlich sollte ich das wohl besser auskosten, solange es dauert.

Wie toll wäre es zum Beispiel, wenn sich das als einer der Träume herausstellen würde, in denen ich fliegen kann?

Und wer weiß, vielleicht kann ich es auch?

Ich springe mit geschlossenen Augen, werfe die Arme in meiner besten Superman-Pose hoch und befehle mir zu fliegen, aber nichts passiert.

»Ähm, was machst du da?«, will Melody wissen. Sie hat angehalten und blickt mich an, als wär ich irre.

Ich kann es ihr nicht verübeln, aber es ist mir auch egal.

»Lila Spaghetti und Sandwiches aus Fliegenpapier«, schreie ich, weil das die ersten Worte sind, die mir in den Sinn kommen.

Ich gehe davon aus, dass Melody etwas ähnlich Albernes erwidern oder mir zwei Daumen-hoch-Zeichen geben wird, aber stattdessen sieht sie mich tiefbesorgt an und fragt: »Wann wirst du endlich begreifen, dass all das wirklich passiert?«

»Das kann nicht sein.« Ich schüttle den Kopf. Dann rufe ich »Flieg!« und springe wieder hoch. Diesmal werfe ich meinen ganzen Körper in die Bewegung.

Und lande mit dem Gesicht voran im Sand.

Autsch!

Meine Knie tun weh. Ich habe Sand im Auge und das brennt höllisch. Es fühlt sich auch nicht wirklich wie Schmerzen im Traum an, die verschwommen, theoretisch und nicht klar zu lokalisieren sind. Dieser Schmerz ist real. Ich reibe mir die Augen, aber weil meine Finger auch voller Sand sind, mache ich alles nur noch schlimmer.

Mist!

Als ich mich hochgerappelt habe, höre ich eine vertraute Stimme hinter mir. »Hey, alles in Ordnung?«

Ich schiele mit meinem unverletzten Auge hinter mich. Irgendein Surfer rennt auf mich zu. Doch es ist nicht irgendein Surfer. Es ist Kevin.

»Mir fehlt nichts«, sage ich und streife mir den Sand von den Ellbogen.

Danach weiß ich nicht weiter. Wenn ich mit Kevin reden soll, werde ich immer nervös.

Er ist näher herangekommen, hat den Surfanzug nur halb an und präsentiert seine sonnengebräunte, schöne Brust. »Hm, das sah übel aus. Bist du gestolpert? Geht es dir gut?«

Nun steht Kevin neben mir. So nah sind wir uns noch nie gewesen. Da ich nicht vorhabe, ihm zu erzählen, dass ich mich bei einem Flugversuch verletzt habe, bleibe ich stumm. Mein Auge tränt und brennt. Ich will mir wieder darin herumreiben, aber Kevin hält meine Hand fest.

»Halt, mach das nicht. Du könntest die Hornhaut verletzen«, sagt er. »Du musst dein Auge mit klarem Wasser ausspülen. Warte.« Er lässt mich los, kniet nieder und fängt an, in seinem Rucksack herumzuwühlen.

Ich stehe wie vom Blitz getroffen und meine Hand ist immer noch warm von seiner Berührung.

Einen Augenblick später hält er triumphierend eine blaue Wasserflasche hoch. »Okay, setz dich, leg den Kopf zurück und versuch, die Augen offen zu halten«, instruiert er mich, während er den Deckel abschraubt.

Ich tue, wie mir geheißen, und nun ruht mein Kopf in seiner Hand. Ich fühle mich geborgen und umsorgt. Das ist der beste Traum, den ich je hatte, und ich will nicht aufwachen. Bis mir ein Schwall eiskaltes Wasser direkt ins Auge klatscht.

»Mann!«, kreische ich, stehe auf, blinzle und reibe mir wütend das Auge.

Kevin lacht. »Hey, du solltest dich doch nicht bewegen. Schon vergessen?«

»Davon war nie die Rede«, platzt es aus mir heraus.

Mein Gesicht und meine Haare sind patschnass, und mein Auge tut weh, aber das Stechen ist einem dumpfen Schmerz gewichen. Viel besser, aber noch nicht gut.

»Entschuldige. Ist es weg?«

»Es ist weg«, sage ich blinzelnd. »Danke. Äh, du kennst dich ja echt gut aus.«

»Ja«, erwidert er, verstaut die Wasserflasche und zieht den Reißverschluss vom Rucksack zu. »Ich bin ein freiwilliger *RS*.«

»Ein was?«, frage ich.

»Rettungssanitäter«, klärt mich Kevin auf und legt, angesichts meiner erstaunten Miene, den Kopf eigentümlich schräg. »Na ja, eigentlich bin ich erst Rettungshelfer.«

Diese Information überrascht mich. »Wirklich? Seit wann denn das?«

Er lacht, während er aufsteht und sich den Sand von den Knien klopft. »Seit North Carolina.«

»Ach, kommst du da her?«, frage ich, schirme meine Augen mit der Hand vor der Sonne ab und tue so, als ob mir das nicht bereits bekannt wäre.

Er blickt mich mit einem seltsamen, unsicheren Lächeln an und redet mit mir wie mit einem dreijährigen Kind. »Da habe ich gelebt, aber nun wohne ich in Braymar. Ich dachte, das wüsstest du ...«

»Hey, da wohne ich auch«, falle ich ihm ins Wort.

»Hast du dir auch den Kopf verletzt?«, erkundigt er sich.

»Nö«, sage ich. »Äh, willkommen in Kalifornien. Ich bin Melody.«

Er schaut mich an, als ob ich etwas völlig Bescheuertes gesagt hätte. Habe ich aber nicht seit den lila Spaghetti und das kann er nicht gehört haben.

»Du bist echt 'ne Ulknudel, Melo«, meint er, als er sich das Surfbrett schnappt und zum Wasser läuft.

Meine Knie sind weich, und das nicht, weil sie vom Sturz aufgeschrammt sind. Kevin hat diese Wirkung auf mich.

Unsere Unterhaltung hat mich verwirrt, und auch, dass er den Spitznamen kennt. Aber ich beschließe, nicht weiter darüber nachzudenken, denn Träume sind nun einmal merkwürdig, und wen kümmert das, wo Kevin selbst doch so traumhaft ist. Es ist komisch, jemanden als traumhaft zu bezeichnen, während man träumt. Natürlich ist er traumhaft. Die ganze Situation ist es. Ich schaue zu, wie sein gebräunter Rücken in der Ferne entschwindet, und frage mich, ob ich ihn hätte küssen sollen, als ich die Gelegenheit dazu hatte.

»Können wir jetzt weiter?«, fragt mich Melody. Sie hat meine herzförmige Glitzerbrille hochgeschoben und hält damit ihre Haare zurück. *Meine Haare.* Sie stützt die Hand auf ihre ausgestellte Hüfte und ihr Ellbogen tritt hervor wie die Klinge eines ultraspitzen Messers. Sie wirkt nervös, aber ich weiß nicht, warum.

»Klar«, sage ich.

Wir lassen uns etwa hundert Meter vom Häuschen der Rettungswache nieder. Ich breite mein Handtuch aus, werfe die Strickjacke ab und ziehe mir das Strandkleid über den Kopf. Normalerweise habe ich totale Komplexe wegen meines Äußeren. Meine Beine sind blass und spindeldürr, und ich habe am linken Knie drei Muttermale, die so groß wie Fünfundzwanzig-Cent-Stücke sind und mich halb zu einem Dalmatiner machen.

Aber ich weiß, dass ich in Melos Körper perfekt aussehe und alle Rundungen an den richtigen Stellen sitzen. Auch der Teint stimmt. Obwohl ihre Mutter ihr ständig zusetzt, dass sie Falten bekommen wird, ist Melo immer gut gebräunt.

Einen Augenblick lang stehe ich da und bewundere meinen neuen Körper, der in einem marineblauen Einteiler steckt. Wenn ich morgen noch Melody bin, werde ich auf jeden Fall einen Bikini anziehen.

Während ich das denke und meine neuen Brüste begutachte, spüre ich, dass mich jemand ansieht.

Ich blicke hoch. Ein Rettungsschwimmer scheint mich anzustarren. Ich bin mir nicht sicher, weil er eine dunkle Sonnenbrille und einen großen Strohhut trägt, aber als er merkt, dass ich ihn beobachte, dreht er sich schnell weg.

Das fühlt sich merkwürdig, ja fast schon unheimlich an, denn obwohl der Rettungsschwimmer attraktiv ist, ist er viel zu alt. Aber vielleicht bilde ich mir das alles auch nur ein.

Melody steht neben mir und steigt vorsichtig aus meinen Shorts. Es ist befremdlich, mein altes Selbst aus dieser Perspektive zu sehen.

Befremdlich und enttäuschend.

Sie hat meinen funkelnagelneuen roten Bikini an. Das dreieckige Oberteil klebt flach an ihrer Brust. Das ist niedlich, aber nicht heiß, und das ist das Enttäuschende, denn als ich mir das Teil im Mai gekauft habe, wollte ich heiß darin aussehen. Zugegebenermaßen habe ich im Laden schon keine umwerfende Figur darin gemacht, aber ich dachte, am Strand bei Sonnenschein und im Kontrast zum blütenweißen Sand und blauen Wasser wäre es echt glamourös. Mit *glamourös* meine ich, dass ich darin wie ein Star aussehe. Aber der Bikini hat keine Starqualitäten. Melody wirkt darin viel jünger als dreizehn, vor allem mit der herzförmigen, mit falschen Diamanten besetzten Sonnenbrille. Sie sieht wie ein kleines Mädchen aus, das auf Teenager macht.

Sie würde problemlos als Achtjährige durchgehen und ich schäme mich zu Tode für mein altes Selbst.

Außerdem fällt mir auf, dass ihr Gesicht leicht gerötet ist. »Crem dich lieber ein«, sage ich und reiche ihr den Sonnenschutz.

»Warum machst du dir deshalb Gedanken, wenn

das nur ein Traum ist?«, erkundigt sie sich und zieht die Augenbrauen hoch.

Ich lache. »Gute Frage. Ich weiß es nicht genau, aber Vorsicht ist besser als Nachsicht. Und du wirst mir noch einmal dankbar sein, wenn du älter bist. Ein Faltengesicht findet niemand schön.«

Melody schaut mich merkwürdig an und blickt dann auf meine Tasche.

»Du hast den Zettel meiner Mom gelesen?«, fragt sie leise.

»Ja«, antworte ich. »Du kannst froh sein, dass sie so umsichtig ist.«

Melody lächelt geziert und sagt: »So kann man es auch ausdrücken.«

»Was soll das heißen?«, will ich wissen.

Melody antwortet nicht sofort. Stattdessen legt sie sich auf den Bauch und schirmt die Augen mit dem Arm vor dem Sonnenlicht ab. »Das wirst du schon noch merken«, sagt sie schließlich.

Als wir am Ende des Tages wieder durch den Tunnel fahren, reiße ich die Augen weit auf und vermeide es tunlichst, mir irgendetwas laut oder insgeheim zu wünschen. Es gefällt mir, Melody zu sein. Ich will den Tausch so lange wie möglich aufrechterhalten. Und weil ich nicht möchte, dass ich aus diesem Traum erwache oder mein Wunsch auf der Rückfahrt zunichtegemacht wird, gehe ich kein Risiko ein.

Kevin ist nicht mit uns im Bus. Da wir ihn auch nicht mehr am Strand getroffen haben, ist er wohl schon zurückgefahren, als wir spazieren gegangen sind oder in der Snackbar waren.

Melody sitzt neben mir und hat den kurzen rotweiß gestreiften Jumpsuit an, den ich im Mai im Schlussverkauf erstanden habe. Damals fand ich ihn megasüß und perfekt für den Sommer. Doch jetzt muss ich feststellen, dass ich darin einer Zuckerstange gleiche, und das ist nicht als Kompliment gemeint. Meine Jeansshorts sind verschwunden. Es ist mir nicht entgangen, dass Melody vergessen hat, sie einzupacken, und ich hätte natürlich etwas sagen können, aber dann habe ich entschieden, dass ich ihr – und mir – einen Gefallen tue, wenn ich schweige. Außerdem habe ich Melodys sackartige Strickjacke in den Tiefen ihrer Umhängetasche verschwinden lassen und trage jetzt nur noch das rosafarbene Strandkleid mit den weißen Punkten.

Mein neues Motto lautet »Wer hat, der hat« und Melody hat definitiv. Das Strandkleid schmiegt sich an den richtigen Stellen an den Körper, ohne daran zu kleben.

Als der Bus auf den Parkplatz der Highschool fährt, sagt Melody: »Ich habe Hunger. Lass uns auf dem Heimweg im *Golden Spoon* vorbeischauen.« Sie ist gut gelaunt und sie hat keinen Sonnenbrand. Ich bin so stolz auf mich, weil ich auf der Sonnencreme bestanden habe. Ich bin schon eine tolle Freundin.

»Für ein Joghurteis bin ich immer zu haben«, sage ich.

Im *Golden Spoon* marschiert Melody gleich zum Tresen und verkündet: »Ich nehme halb Schokolade, halb Salzkaramell mit Brezelstücken und Mochi, aber bitte die Mochi untendrunter und die Brezel obendrauf.«

»Hey, das bestelle ich immer!«, rufe ich.

»Ach nee«, meint Melody augenzwinkernd. »Ich bin doch jetzt du.«

Melody bekommt ihr Joghurteis von Vicki, der rothaarigen Frau mit Pferdeschwanz, die immer hinter dem Tresen bedient. Nachdem Melody bezahlt hat, setzt sie sich an unseren Stammtisch gleich neben der Vordertür – in der Sonne, am weitesten weg von der Toilette und fast draußen, aber eben nicht ganz, weil man dann faktisch auf dem Parkplatz essen würde.

Ich bleibe zurück und grüble, ob ich in diesem Traum wohl Melodys oder meinen Geschmack habe.

Ich entscheide mich für ein Experiment. Im wahren Leben kann ich puren Joghurt nicht ausstehen, aber da das Melodys Lieblingssorte ist, frage ich, ob ich davon probieren darf.

Als Vicki mir etwas gibt, bin ich überrascht, wie lecker das schmeckt. Und erfrischend.

Während ich das Eis schlecke, kommt ein älterer Mann in die Joghurteisbar. Er läuft direkt zum Tresen, doch als er mich dort stehen sieht, hält er an.

»Gehen Sie ruhig vor«, sage ich zu ihm, während ich den Mund immer noch halb voll Joghurt habe. »Ich weiß noch nicht, was ich nehme.«

»Ich warte«, antwortet er und zwinkert mir kurz freundlich zu. Und er wendet den Blick auch dann nicht ab, als ich wegschaue.

Ich frage mich, ob ich irgendwo Joghurt im Gesicht habe. Ich schnappe mir eine Serviette aus dem Spender und wische mir damit über das Kinn, doch als ich nachschaue, findet sich auf der Serviette kein Krümelchen.

»Kann ich bitte Salzkaramell probieren?«, frage ich. Das ist im wahren Leben meine Lieblingssorte, aber Melody würde das nie bestellen.

Vicki nickt hinter dem Tresen und reicht mir eine Probierportion. Ich gehe davon aus, dass ich das auch lecker und erfrischend finden werde, aber es schmeckt widerlich – zu süß und zu salzig.

Scheint so, als ob ich durch und durch Melody bin, denke ich, während ich den kleinen Probierbecher in den Müll schmeiße.

»Ich nehme Joghurt pur mit Marshmallows«, verkünde ich. Und als ich »Marshmallows« sage, passiert etwas Überraschendes. Mir läuft das Wasser im Mund zusammen. Melo ist wohl wirklich verrückt nach dem Zeug.

Vicki reicht mir das Eis und sagt: »Das macht vier Dollar fünfundneunzig.«

»Gut.« Ich ziehe mein Portemonnaie heraus, öffne es und werde panisch. Es ist kein Bargeld darin, nur eine Kreditkarte. Ich habe nicht gewusst, dass Melody eine besitzt, und ich weiß nicht recht, was ich tun soll. Was, wenn Melody ihre Kreditkarte nur im äußersten Notfall benutzt? Ich möchte sie nicht in Schwierigkeiten bringen. Ich will sie gerade fragen, als mir klar wird, wie albern das ist. Nichts von all dem geschieht wirklich. Es ist ja nur ein Traum. Ich könnte auf eine Mega-Shoppingtour gehen, und das wäre völlig egal, weil ich am Ende ja doch aufwache.

Ich gebe Vicki die Karte. »Tut mir leid, zehn Dollar Minimum«, sagt Vicki mit einem bedauernden Lächeln.

Es ist schon erstaunlich, dass es in meinem Traum einen Mindestbetrag für Kreditkarten gibt. Ich wende mich an Melody. An meinem echten ersten Ferientag hatte ich kein Geld weiter bei mir, aber ich frage sie trotzdem, weil es sich im Traum ja vielleicht anders verhält.

Doch nach einem Blick in ihre Geldbörse sagt Melody, dass sie blank ist.

Der wartende Mann hat das alles verfolgt und tritt vor. »Ich bezahle das Eis für die kleine Lady«, bietet er an und legt mir die Hand auf den Rücken zwischen die Schulterblätter.

Seine Hand ist warm und schockierend. Der plötzliche Körperkontakt mit einem Fremden fühlt sich merkwürdig falsch an. Jede Berührung eines Fremden hätte einen hohen Faktor auf der Eklig-Skala, aber der Typ ist alt, alt von der Sorte »Daddy in Kakishorts und Polohemd«.

Ich rudere zurück. »Nein«, antworte ich. »Das ist nicht nötig. Ich lasse es einfach. Ist keine große Sache.«

»Aber nein, es wäre mir eine Freude«, säuselt er und nimmt die Hand von meinem Rücken.

Ich bin froh, dass er mich nicht mehr anfasst, aber er lächelt immer noch so, als würden wir beide ein Geheimnis teilen, was ganz bestimmt nicht der Fall ist.

Ich bin angespannt und nervös. Das ist nicht wie die Aufmerksamkeit des Rettungsschwimmers oder von Kevin. Das ist die Aufmerksamkeit irgendeines grusligen, alten Mannes und mir wird speiübel davon. Ich will das Joghurteis nicht mehr, aber Vicki reicht es mir bereits über den Tresen. Und die Marshmallows schauen köstlich aus. Beim Gedanken daran läuft mir wieder das Wasser im Mund zusammen.

»Hier, bitte«, sagt sie freundlich. Sie nimmt es nicht weiter wichtig. Oder vielleicht ist ihr gar nicht aufgefallen, wie unheimlich die Situation ist. Der Typ hat ihr ein fettes Trinkgeld gegeben und für mein Joghurteis bezahlt. Damit ist die Sache für sie erledigt.

Ich nehme das Eis. Der Mann zwinkert mir wieder zu und meint: »Es war mir ein Vergnügen. Hätte ich denn zusehen können, wie ein so hübsches Mädchen wie du an einem so herrlichen Tag um ihr Joghurteis kommt? Das wäre nicht richtig gewesen.«

Ich lächle und murmle: »Danke.« Mein Gesicht ist knallrot, nicht nur aus Scham, sondern auch vor Wut, denn er hat nicht das Recht, so mit mir zu reden. Er sollte mich überhaupt nicht beachten. Das ist schräg und krank.

»Immer wieder gern, Süße. Du hast wunderschöne Wimpern«, sagt er zu mir, doch er schaut gar nicht auf meine Wimpern. Jetzt begreife ich, warum Melody immer eine Strickjacke zu diesem Kleid trägt, und ich wünschte, ich hätte auch eine an.

Ich möchte dem Mann mitteilen, dass ich erst dreizehn bin und er mindestens dreimal so alt ist, wenn nicht älter. Er sollte mich nicht auf diese Art anschauen, aber ich bringe kein Wort hervor. Stattdessen gehe ich zurück zu Melody.

»Alles in Ordnung?«, fragt sie und bedenkt mich mit einem wissenden Blick.

»Das war krass«, flüstere ich.

Sie nickt und ist nicht im Mindesten überrascht. Melody bekommt ständig etwas spendiert und viel Aufmerksamkeit. Von außen wirkt das lässig und toll. Doch Aufmerksamkeit von einem derart alten Typen? Echt nicht!

Nach dem Joghurteis machen wir uns auf den Heimweg, und im Handumdrehen sind wir an der Ecke, wo sich unsere Wege trennen. Normalerweise geht Melody nach links in den schickeren Teil der Stadt, und ich wende mich nach rechts zu den etwas schäbigeren Häusern, in denen es keine Zimmer für Bedienstete und keine Weinkeller gibt. Aber heute ist es eine verkehrte Welt.

»Viel Glück«, wünscht mir Melody.

»Dir auch«, sage ich winkend, und dann laufe ich zu Melodys Prachtpalast im Lynwood Court 21. Er liegt hinter einem großen Eisentor, aber ich kenne natürlich den Code. Hundertfünf, so viele Pfunde wog Melodys Mom Debbie bei der Hochzeit.

Sobald ich die Zahlen eingetippt habe, öffnet sich das Tor schwungvoll und geräuschlos. Ich müsste lügen, wenn ich behaupten würde, nicht aufgeregt zu sein.

Debbies schwarzer Tesla parkt in der Einfahrt. Melo wird das Auto vermutlich zu ihrem sechzehnten Geburtstag vermacht, solange sie ihren Notendurchschnitt hält. Ich ermahne sie immer, fleißig zu lernen, weil mir keiner einen feschen Sportwagen oder überhaupt ein Auto schenken wird. Daher bin ich auf sie angewiesen. Doch Melody hört nicht auf mich. Das Lernen fällt ihr nicht so leicht wie mir oder ihrem älteren Bruder. Kyle hatte auf der Highschool Bestnoten in allen Leistungskursen und musste sich dafür nicht einmal anstrengen. Er hat gerade sein erstes Jahr in Yale beendet und bleibt dort freiwillig über den Sommer, um ein paar Extrakurse zu absolvieren.

Der Wagen ist außen schnittig und glänzend und hat innen weiche braune Lederbezüge. Ich will ihn anfassen, aber verkneife es mir lieber, weil ich weiß, dass Debbie meine Fingerabdrücke bemerken würde. Im Sommer vor zwei Jahren wollten wir Debbie eine Freude machen und wuschen das Auto, aber sie schrie uns an, weil wir es nicht ordentlich abgetrocknet und Streifen hinterlassen hatten.

Eingedenk dieser Episode hoffe ich, dass Debbie nicht zu Hause ist. Doch als ich hineingehe, kann ich bis zur Fensterfront an der Rückseite des Hauses sehen. Debbie macht Hockstrecksprünge am prächtigen, schwarz gefliesten Swimmingpool. Sie hat eine Hantel auf den Schultern, die ziemlich schwer aussieht.

Melos Mom ist schön und hat einen perfekten

Körper. Für eine Mom. Sie sieht viel jünger aus als meine, weil sie sich schon einmal das Gesicht hat liften lassen, ständig trainiert und nur Designerklamotten trägt.

Ich weiß nicht genau, was Melo macht, wenn sie allein nach Hause kommt, wie ihre üblichen Abläufe sind, also gehe ich hinaus zum Pool, um Debbie zu begrüßen. Das scheint mir ein guter Anfang zu sein, obwohl sich mein Magen ganz flau vor Aufregung anfühlt, weil ich Angst habe, dass Debbie etwas merkt. Nämlich, dass ihre Tochter verschwunden ist und deren beste Freundin Melodys Körper gekapert hat. So etwas fällt einer Mutter doch bestimmt auf.

»Hi, Mom«, sage ich und winke ihr zu.

»Willst du mit mir Rumpfbeuge machen, Schatz?«, fragt Debbie vom anderen Ende des Pools, ohne ihre Hockstrecksprünge zu unterbrechen.

»Äh, nein, danke«, antworte ich. »Ich bin müde.«

Sie hört auf, lässt die Hantel fallen und mustert mich von oben bis unten. »Ach, man müsste noch mal jung sein«, sagt sie. »Einen tollen Körper haben, ohne etwas dafür tun zu müssen.«

Ich weiß nicht so recht, was ich ihr darauf antworten soll, also ringe ich mir ein Lächeln ab, hebe noch einmal die Hand zum Gruß und laufe die Treppe hinauf.

Mir gefällt Melodys Zimmer, weil es so aussieht, als wäre es einem Magazin entsprungen. Und tatsächlich wurde das ganze Haus vor ein paar Jahren schon einmal in *Architectural Digest* porträtiert, aber daran will Melody lieber nicht erinnert werden.

Als ich mich auf ihr Bett werfe, versinke ich in der weichsten Tagesdecke der Welt. Sie ist hellrosa mit türkisfarbenen Streifen, Melodys Lieblingsfarben. Das ganze Zimmer wurde von Pierre entworfen, einem Innenarchitekten, der so berühmt ist, dass er nicht einmal einen Nachnamen braucht. Das Bettzeug passt zu den Vorhängen, die wiederum mit der Tapete harmonieren. Alles ist farblich aufeinander abgestimmt, hat aber einen Mustermix aus Streifen, Punkten und Karos, damit es interessanter ist. Die Wände schmücken echte Ölgemälde, von denen der Großteil aus Südfrankreich stammt. Melody ist mit ihrer Familie durch ganz Europa gereist, nur um Kunst für das Haus zu kaufen. Sie darf keine eigenen Bilder aufhängen, weil alles, was Pierre nicht persönlich ausgewählt hat, die »Ästhetik ruiniert«, wie ihre Mom meint. Melody bringt das auf die Palme, aber ich finde es schön, dass alles seinen Platz hat und perfekt und elegant ausschaut.

Jeder kann Poster aus dem Laden aufhängen, aber auf einen anderen Kontinent zu fliegen, um Kunst zu erwerben, ist schon eine große Sache. Und das eigene Zimmer in einem Magazin wiederzufinden, ist auch etwas ganz Besonderes. Ich habe noch nie verstanden, warum Melody das anders sieht.

Ich könnte mich an dieses schicke Bett in diesem schicken Zimmer gewöhnen. Erschöpft strecke ich mich und gähne. Schlafen klingt gut, aber ich zwinge mich, die Augen offen zu halten. Wenn ich das nächste Mal aufwache, stecke ich vermutlich wieder in meinem alten Körper, bin zurück in meinem eigenen, öden Leben als angehende Achtklässlerin, und darauf habe ich keine Lust.

Das könnte mein letzter Moment als Melody sein und daher sollte ich ihn auskosten und etwas Verrücktes anstellen. Vielleicht sollte ich mir den Tesla für eine Spritztour ausleihen oder an Kevins Tür klopfen und ihm meine Liebe gestehen. Oder vielleicht gehe ich einfach nur zu ihm hin und küsse ihn wortlos auf den Mund. Ich lege die Fingerspitzen an meine Lippen und frage mich, wie er wohl reagieren würde, und wie es sich eigentlich anfühlt, jemanden zu küssen ...

Und genau in dem Augenblick, als diese Gedanken in meinem Kopf Gestalt annehmen, höre ich Melos Handy summen, weil ihr jemand eine Nachricht geschickt hat:

Spaß am Strand gehabt?

Die Nummer auf dem Display ist mir unbekannt. Ich kenne nicht einmal die Vorwahl. Der Nummer ist kein Name, sondern nur der Buchstabe *K* zugeordnet. Daher muss die Nachricht wohl von Melos Bruder Kyle stammen.

Ja! Was macht das Studium?, schreibe ich zurück.

Hä?, antwortet K.

Das ist komisch. Ich tippe: Kyle?

Die Antwort lautet: NEE.

Wer bist du?, will ich wissen.

Du bist lustig, schreibt K zurück.

Ich versteh nur Bahnhof. Ist die Nachricht für Melody oder hast du die falsche Nummer?, frage ich.

Hat es deinen Kopf schlimm erwischt bei dem Sturz?

Da kommt mir mein Flugversuch in den Sinn. Meint K das mit dem Sturz? Muss wohl so sein. Aber woher weiß er das?

Kyle?, frage ich wieder.

Als Antwort erblicke ich eine Reihe lustiger Smileys: ☺☺☺☺

Na ja, Kyle ist ein Genie, aber er war schon immer ein bisschen komisch. Mein Traum muss an einem Punkt angelangt sein, an dem alles absurd wird. Vielleicht wird als Nächstes ein Vogel zum Fenster hereinfliegen und eine Oper singen. Ich werfe das Telefon von mir, reibe meine Augen und schaffe es nicht mehr, mich aus dem Bett zu erheben oder gegen die Müdigkeit anzukämpfen. Es hat

Spaß gemacht, Melody zu sein, aber nun wird dieser Traum ohnehin zu schräg. *Tschüs, perfektes Leben*, denke ich, während ich sanft entschlummere.

Dann rüttelt mich jemand wach.

»Das reicht dann wohl mit deinem Schönheitsschläfchen«, sagt Melodys Mom.

Ich öffne die Augen und sehe Debbie direkt vor mir. Ihr Haar ist zu einem straffen blonden Knoten gebunden, und sie trägt riesige, glitzernde Kreolen, die mit Diamanten besetzt sind. Ihr schickes silbernes Abendkleid raschelt, während sie auf den höchsten Pfennigabsätzen balanciert, die ich je gesehen habe. Das muss schon wehtun.

»Debbie!«, entfährt es mir, als ich mich mühsam im Bett aufrichte.

Ich weiß nicht, warum ich noch hier bin, wo Melody ist, und was vor sich geht.

Melodys Mom schaut mich an, als ob ich den Verstand verloren hätte. »Seit wann nennst du mich Debbie?«

Äh, seit dem Kindergarten, als wir uns begegnet sind und du mir gesagt hast, du seist zu jung, um Mrs Marshall genannt zu werden, denke ich, sage aber vorerst nichts. Ich bin zu durcheinander. So blinzle ich nur, reibe mir die Augen und – Moment mal. Warum sind meine Nägel rosafarben mit weißen Punkten lackiert? Ach ja, ich träume immer noch, ich bin Melody. »Sorry, Mom«, sage ich. »Ich schlafe noch halb.«

Zum Glück geht Debbie nicht weiter auf mein Missgeschick ein, denn sie hat etwas anderes auf dem Herzen. »Zieh doch bitte deine miefigen Flip-Flops im Bett aus. Die Decke hat ein kleines Vermögen gekostet und nun muss ich sie in die Reinigung bringen.«

»Tut mir leid«, entschuldige ich mich und streife die Sandalen ab.

»Ich habe deine Sachen ausgepackt«, fährt sie fort und hält mir einen kleinen rosafarbenen Beutel vor die Nase. »Du hast deinen Snack nicht gegessen.«

»Melody und ich haben uns Nachos gekauft«, antworte ich, wische mir wieder über die Augen und versuche noch immer, meine Lage zu begreifen.

Als Debbie mich einfach nur anstarrt, korrigiere ich mich: »Ich meine, ich und Katie. Ich und Katie haben uns Nachos gekauft. Äh, Katie und ich.«

Trotzdem blickt sie mich weiter entsetzt an. »Du hast Nachos gegessen?«, will sie wissen. Bei ihr klingt »Nachos« wie etwas Unanständiges.

Ich nicke vorsichtig und denke, ein Opern singender Vogel wäre wahrscheinlich nicht so absurd wie diese Unterhaltung.

Debbie schüttelt den Kopf. »Du musst wirklich besser auf dich achtgeben. Du glaubst, dass du essen kannst, was du willst, aber je älter du wirst, umso schwieriger wird es.«

»Umso schwieriger wird was?«, frage ich neugierig.

»Stell dich nicht dumm«, blafft Debbie, während sie zur Tür stöckelt. »Ich gehe heute Abend aus. Ich habe dir einen Salat in den Kühlschrank gestellt. Mach halblang mit dem Dressing. Es ist fettfrei, aber es ist Zucker drin, also halt dich zurück. Besonders nach deiner Fressorgie am Strand.«

»Okay«, antworte ich kleinlaut und frage mich, seit wann Melodys Mutter so verspannt ist. Ich bin froh, dass sie wenigstens heute Abend nicht da ist.

Ich verstecke mich in Melodys Zimmer, bis ich höre, wie sich das Tor öffnet und Debbies Auto sich rasch aus der Einfahrt entfernt. Dann gehe ich nach unten und esse den Salat. Da ich immer noch Hunger habe, bestelle ich eine Pizza. Und zum Glück akzeptiert der Lieferservice Kreditkarten, denn ich kann nirgendwo Bargeld entdecken.

Als ich fertig bin, weiß ich nichts mit mir anzufangen, was komisch ist, denn ich bin sonst immer bei Melody. Als Mom und Jeff in den Flitterwochen auf Hawaii waren, verbrachte ich ganze zehn Tage bei Melody, und wir hatten unglaublich viel Spaß miteinander. Aber allein hier im Haus zu sein, ist irgendwie unheimlich. Die handbemalten, aus Marrakesch importierten Fliesen fühlen sich kühl unter meinen nackten Füßen an. Die Flure sind so leer, dass meine Stimme hallt. Ich spiele Flipper im Spielezimmer und schaue Reality-TV im Fernsehzimmer. Dann male ich Melodys Zehennägel in allen Farben des Regenbogens an.

Schließlich schlendere ich wieder nach oben in Melodys Zimmer. Ich beschließe, mich in ihrem Kleiderschrank umzusehen und mir etwas auszusuchen, falls ich noch einmal als Melo an den Strand komme. Und das hoffe ich, denn es hat im Großen und Ganzen Spaß gemacht. Doch Melos Badeanzüge sind ausnahmslos dunkel und langweilig.

So laufe ich zu Debbies begehbarem Kleiderschrank, der früher einmal ein Schlafzimmer war. Als ich durch die Tür trete, merke ich, dass ich das große Los gezogen habe. Der Schrank ist gigantisch und voller Regale mit den tollsten Klamotten, die mir je untergekommen sind. Debbie hat einen ganzen Bereich, der nur Badeanzügen und Strandkleidung gewidmet ist und mich magisch anzieht. Ich brauche nur ein paar Sekunden, um mein Lieblingsteil zu finden - ein goldweißgestreifter Einteiler mit V-Ausschnitt und großen seitlichen Schlitzen. Er passt mir wie angegossen und sieht umwerfend aus mit Debbies blütenweißem Strand-Überkleid. Ich gehe zur Wand mit den Schuhregalen und wähle ein paar hochhackige goldene Sandalen. Auch sie passen, als ob sie für meine Füße gemacht worden wären.

Mit fertigem Outfit begutachte ich mich im Spiegel von allen Seiten, türme die Locken auf meinem Kopf auf und lasse sie wieder fallen.

Ich sehe absolut unwiderstehlich aus. Ich könnte wirklich als Model durchgehen.

Hm ... wo ich gerade ans Modeln denke, wäre es sicher lustig, eine private Modenschau zu veranstalten, jetzt, wo ich Debbies fantastische Garderobe buchstäblich in Reichweite habe. Ich entledige mich der Stöckelschuhe, werfe das Strand-Überkleid ab und ziehe den Badeanzug aus. Ich probiere ein silbernes, paillettenbesetztes Abendkleid an, dann ein schwarzes mit Spitze und Reißverschluss über den ganzen Rücken, dann ein smaragdgrünes Etuikleid. Als Nächstes versuche ich es mit Debbies Designerjeans und kniehohen Stiefeln sowie mehreren Shirts, seidenen Tops und ärmellosen Oberteilen. Ich mache immer weiter und stolpere bald über das märchenhafteste rote Minikleid, das ich je gesehen habe. Ich ziehe es sofort an und finde passende rote Schuhe mit Pfennigabsätzen.

Ich sehe toll aus, aber das lässt sich noch toppen. Ich begebe mich zu Debbies Schminktisch und trage Make-up auf.

Als ich mein umwerfendes Ebenbild im Ganzkörperspiegel bewundere, höre ich es an der Tür klopfen. Es ist jemand hier. Ich streife die Schuhe ab, denn auf so hohen Absätzen kann man unmöglich laufen, und eile die Treppe hinunter. Als ich durch den Spion äuge, sehe ich Kevin draußen stehen.

Mein Herz schlägt erneut einen Purzelbaum, während ich die Tür öffne.

»Hi«, sage ich und bin wie gewöhnlich verwirrt, weil er vor mir steht. Wir sind uns doch erst heute Morgen am Strand begegnet. Er kann eigentlich gar nicht wissen, dass er in derselben Straße wie Melody wohnt.

Doch Kevin weiß es ganz offensichtlich. Denn er grüßt nicht zurück. Stattdessen schenkt er mir sein süßes kleines Lächeln.

Dann beugt er sich vor und küsst mich.

Melody

Eine von den Millers!

Die Sonne geht hinter den Berggipfeln in der Ferne unter. Das ist meine Lieblingszeit am Tag: die Abenddämmerung, kurz bevor die Dunkelheit sich leise und beklemmend niedersenkt. Der Himmel glüht warm und flirrend. Niemand hat es eilig um sechs Uhr abends. Alles ist ruhig, entspannt, als wäre die ganze Welt in eine große, weiche Decke gehüllt.

Katies Haus steht vor mir, ein anheimelnder Ziegelbau mit zwei Etagen und drei gemütlichen Schlafzimmern im oberen Stock. Auf dem Weg zur Eingangstür rieche ich lieblich duftende Kräuter. Die riesigen Terrakotta-Töpfe auf beiden Seiten quellen über von Basilikum, Veilchen, Minze und Thymian. Das weiß ich, weil ich Katies Mom an einem Samstag im Frühling dabei geholfen habe, sie zu pflanzen.

Auch Ryan und Reese waren dabei. Als Ryan auf die Toilette musste, hat er seine Schuhe nicht ausgezogen und im Haus eine Dreckspur hinterlassen, aber Katies Mom hat deswegen überhaupt kein

Theater gemacht. Sie hat nicht einmal die Stimme erhoben.

Stattdessen hat sie ihm ruhig erklärt, dass sie ihn ursprünglich gebeten hatte, die Schuhe auszuziehen, damit er eben nicht so eine Sauerei macht. Dann hat sie mit ihm gemeinsam einen Eimer Wasser und einen Scheuerlappen geholt und ihm gezeigt, wie er selbst saubermachen kann, was er ohne Murren tat.

Als ich das letzte Mal Schmutz ins Haus getragen habe, hat meine Mutter mich angeschrien und dann nach Greta gerufen, unserem Dienstmädchen für das Wochenende. Dann musste ich mich bei ihr entschuldigen, weil ich ihr Extraarbeit aufgebürdet hatte, was total peinlich war, denn Greta hat mir dabei nicht einmal in die Augen geschaut. Später habe ich sie dabei ertappt, wie sie mir einen mitleidigen Blick zugeworfen hat.

Aber sich mit der Vergangenheit aufzuhalten, ist wie Sturmwolken auf ein perfektes Sonnenbild zu malen. Es ist völlig überflüssig, weil jetzt alles anders ist. Ich bin ein anderer Mensch, besser und glücklicher. Das muss ich genießen, solange ich kann – nämlich den ganzen Sommer über –, denn das habe ich mir gewünscht: *den Sommer noch einmal als Katie zu verleben.* Und hier stehe ich nun. Es ist wahr geworden und wird wahr bleiben. Es muss einfach so sein.

Ich erhebe die Faust und will aus Gewohnheit gerade an die Eingangstür klopfen, als mir einfällt, dass ich das ja gar nicht muss. Ich gehöre hierher und habe meinen eigenen Schlüssel. Hoffe ich. Katie verliert ständig ihren Schlüssel, und daher nehme ich mit zunehmender Sorge den Rucksack vom Rücken und öffne den Reißverschluss der Vordertasche.

Ach du Schreck! Alles fällt heraus, bevor ich es aufhalten kann: zerknüllte Taschentücher, ein Zauberwürfel, ein Notizblock und drei lila Stifte, ein orangefarbener Marker und ein blaues Haarband. Auch meine silbernen Kreolen, die ich ihr im März geliehen und seitdem nicht mehr gesehen habe. Katie hat behauptet, sie seien verschwunden, und ich weiß, dass sie mich nicht angelogen hat. Vieles verschwindet einfach in Katies Welt. Katie ist die unordentlichste Person, die ich kenne. Das ist ziemlich ätzend, aber ich schätze, ich kann ihr jetzt helfen. Oder besser gesagt, *mir* helfen. Nachdem ich mir die Ohrringe angesteckt habe, greife ich nach dem Karabinerhaken, an dem Katies Schlüssel eigentlich hängen sollte, aber dort ist er nicht. Natürlich nicht.

Ich stöhne, entnervt von Katie. Obwohl sie immer so tut, als hätte sie alles unter Kontrolle, sind ihr Zimmer, ihr Rucksack und alles andere ein einziges Chaos. Das macht mich völlig kirre.

Ich stopfe ihre Sachen wieder zurück in den Rucksack und schwöre mir, dass ich heute Abend alles an den dafür bestimmten Platz räumen werde. Dann ziehe ich den Reißverschluss zu und öffne das Hauptfach, wo ich zu guter Letzt den Schlüssel ganz unten finde, zusammen mit fünf Münzen zu fünfundzwanzig Cent und drei zu einem Cent. Das Geld verstaue ich in der Hello-Kitty-Börse. Die habe ich ihr letztes Jahr zum Geburtstag geschenkt, um mehr Ordnung in ihr Leben zu bringen. Die Börse ist leer, was typisch ist. Wenn Katie jetzt hier wäre, würde ich sie fragen: »Gefällt es dir, in deinem Rucksack nach ein paar Cent zu wühlen, wenn du dir zum Mittagessen einen Saft kaufen willst?«

Und sie würde die Augen verdrehen und sagen: »Melo, mach dich mal locker«, oder etwas in der Art, aber darüber muss ich mir ja jetzt keine Gedanken machen, denn sie ist nicht hier. Nicht in Wirklichkeit, meine ich. Ich bin Katie!

Ich fühle mich leicht, glücklich und aufgeregt, jedes Mal, wenn ich mir diese Worte sage, selbst wenn es nur in meinem Kopf ist. In Katies Kopf. Ha, ha!

Ich bin Katie, ich bin Katie, ich bin Katie. Ich bin klug, lustig und sehe ganz gewöhnlich aus – sogar süß, aber nicht so süß, dass mir jeder immerzu Komplimente macht, als wäre mein Aussehen das Einzige, was zählt. Als ob man mich darauf reduzieren könnte.

Aber noch schöner, als Katie zu sein, ist, dass Katies Familie jetzt meine Familie ist. Ich hab nun coole Eltern, die mir tatsächlich Beachtung schenken, und zwei umwerfende kleine Brüder.

Nachdem ich mir das Lächeln verkniffen habe, schließe ich die Tür auf und trete ein.

Zu meiner Linken ist das Wohnzimmer, das Ryan und Reese in Beschlag genommen haben. Legosteine und Matchbox-Autos liegen überall verstreut und von einer Ecke zur anderen zieht sich eine riesige blaue Rennbahn. Im Hobbyzimmer stehen ein Schlagzeug, eine Gitarre und ein altes, zerschrammtes Klavier, auf dem Katie spielt. Sie nimmt Unterricht, seit sie vier ist.

»Daddy!«, höre ich zwei hohe, zarte Stimmchen, während die Jungs auf die Tür zustürmen.

»Nee. Nur Katie«, sage ich zu Ryan und Reese, die rutschend zum Stehen kommen, als sie mich sehen.

Es fällt mir schwer, nicht niederzuknien und sie fest in die Arme zu schließen. Ryan und Reese sind die Kinder, die ich in der ganzen weiten Welt am liebsten mag. Beide sind so süß und hinreißend mit ihren rotblonden Haaren und hellblauen Augen. Doch sie sind keine eineiigen Zwillinge. Ryan ist ein bisschen größer, hat eine Stupsnase und nicht so viele Sommersprossen wie Reese, dessen Haar superglatt ist. Ryans ist gewellt. Außerdem bohrt

Ryan immerzu in der Nase und Reese kaut an den Fingernägeln. Katie behauptet, sie nicht auseinanderhalten zu können, aber ich glaube, sie tut nur so. Sie sind ganz eigene Persönlichkeiten, unverkennbar und umwerfend.

Reese wirkt enttäuscht, weil ich nicht ihr Dad bin. Er nimmt die Hand an den Mund und kaut auf dem Daumennagel herum. Ryan lächelt mich schüchtern an. Er verehrt Katie und folgt ihr stumm mit seinen großen blauen Augen, wann immer sie sich im selben Raum aufhält. Nicht dass sie es bemerken würde.

»Was macht ihr denn gerade?«, frage ich fröhlich, während ich meinen Rucksack am Fuß der Treppe abstelle.

»Reese hat ein Auto gebaut, aber er will mich nicht damit spielen lassen«, beklagt sich Ryan und zieht einen Flunsch.

»Ryan hat mich gestern auch nicht mit seinem Flugzeug spielen lassen«, verteidigt sich Reese.

»Weil du sie immer kaputtmachst!«, schreit Ryan und manövriert seinen Finger in Richtung Nase.

»Ich wollte es fliegen lassen«, sagt Reese und stampft mit dem Fuß auf. Das macht er zu gern. »Dafür sind Flugzeuge da.«

»Keine Legoflugzeuge. Außerdem sind deine Finger immer nass!«, brüllt Ryan.

Da hat er recht, aber ich sage nichts. Reese auch

nicht, doch er zieht schnell den Daumen aus dem Mund. Dann dreht er sich um und flitzt die Treppe hinauf.

»Warte auf mich!«, ruft Ryan und rennt ihm nach.

Ich bleibe mir selbst und einem schwachen, süßklebrigen Duft nach kleinen Jungen überlassen. Ich atme ihn tief ein. Katie ist so ein Glückspilz. Und sie weiß es nicht einmal.

Mein Zuhause ist immer kalt und leer, meine Schritte hallen beim Laufen.

»Katie, bist du das?«, ruft Katies Mom aus der Küche.

»Ja«, antworte ich mit zittriger Stimme. Ich bin versucht, Katies Mom wie gewöhnlich mit ihrem Vornamen *Anya* anzusprechen, aber das geht selbstverständlich nicht. »Ja, Mutter. Ich bin hier«, füge ich hinzu. Katie nennt ihre Mom seit der Scheidung ihrer Eltern ab und zu *Mutter*. Das Wort klingt komisch aus meinem Mund, steif und förmlich. Natürlich klingt es auch bei Katie seltsam. Sie ist immer noch sehr wütend darüber, dass ihre Eltern sich getrennt haben, obwohl es schon Jahre her ist. Na ja, wahrscheinlich ist es schon hart, aber was soll's? Katie hat immer noch zwei Eltern, die sie sehr lieben und sich jetzt nicht mehr die ganze Zeit streiten. Es liegt keine gereizte Atmosphäre in der Luft. Jeder lebt sein Leben weiter und ist glücklich damit. Und Katie hat zwei Zuhause mit tollen Stiefeltern und obendrein zwei neuen Brüdern. Das ist so viel besser, als Eltern zu haben, die nur zusammenbleiben, damit der äußere Schein stimmt, und nicht einmal mehr miteinander reden, aber das ist eine andere Geschichte. Eine, mit der ich mich im Moment nicht befassen muss, weil ich Katie bin!

Ich hoffe bloß, dass ich das für die anderen auch bin. Denn so aufgeregt, wie ich über den Körpertausch bin, kann ich meine Nervosität nicht verbergen. Ich habe Angst, dass Katies Mom mich als die Betrügerin entlarven wird, die ich bin. Und was passiert dann?

Aber wenn ich Katie etwas vormachen kann, geht mir sicher auch ihre Mutter auf den Leim.

Das sage ich mir zumindest, als ich in die Küche schlendere, wo Anya die Spülmaschine ausräumt.

»Na du!«, sage ich und bin immer noch überrascht darüber, dass meine Stimme Katies so ähnlich klingt - hoch und ungeschliffen. Die Worte kommen abgehackt aus ihrem Mund, als wolle sie keine Zeit verschwenden.

Katies Mom hat die Haare zu einem losen Knoten zusammengebunden. Rote Strähnen haben sich daraus gelöst und umrahmen ihr schmales, sommersprossiges Gesicht. Sie sieht erhitzt aus. Wenn sie Make-up tragen würde, wäre es sicher verschmiert, aber Katies Mom schminkt sich nie. Meine Mom hingegen ist besessen von Make-up. Sie verlässt nie ungeschminkt das Haus, genau genommen nicht einmal ihr Schlafzimmer.

Ich bin zu dem Schluss gekommen, dass es Mütter gibt, die sich als etwas anderes ausgeben, als sie sind, und Mütter, die der Welt ihr wahres Gesicht zeigen. Meine Mom versucht immer, die Wahrheit zu beschönigen, und damit meine ich nicht nur ihre Falten.

Das Komische ist, dass meine Mom und Katies nicht immer so verschieden waren. Sie waren einmal richtig gute Freundinnen. So haben Katie und ich uns ja auch kennengelernt. Wir gingen zusammen in den Kindergarten und trafen uns jede Woche nachmittags zum Spielen.

Es gibt alte Fotos von meiner Mom und Anya, auf denen beide in Jogginghosen, ärmellosen Oberteilen und mit lässigen Pferdeschwänzen zu sehen sind. Als ob sie am gleichen Punkt gestartet wären, aber Katies Mom sich in die eine Richtung und meine Mom in die andere entwickelt hätte.

»Wie war's am Strand?«, erkundigt sich Anya wirklich interessiert.

»Super!«, sage ich und bemühe mich, nicht von einem Ohr zum anderen zu grinsen, weil ich immer noch ganz aus dem Häuschen bin. *Der Strand hat mein Leben verändert*, könnte ich hinzufügen, aber das verkneife ich mir, weil das logischerweise ein Geheimnis ist.

»Schön, dass ihr beiden Spaß hattet«, sagt sie und lächelt warm. »Wie geht's Melody?«

»Gut«, antworte ich mit einem Schulterzucken und wundere mich, warum sie das fragt. »Toll.«

»Sicher?«, hakt sie nach. Meine feinen Antennen sagen mir, dass es eine Suggestivfrage ist. Leider weiß ich nur nicht, was sie damit bezweckt. Warum ist Katies Mom so an meinem Wohlergehen interessiert?

»Warum willst du das wissen?«, frage ich.

Sie schaut mich merkwürdig an, und ich werde panisch, weil ich denke, dass sie Lunte gerochen hat. Offensichtlich haben Katie und sie eine Unterhaltung über mich, also Melody, geführt, von der ich nichts weiß. Ich sollte einfach mitspielen und so tun, als wüsste ich Bescheid. Gelassener auf die Sache reagieren und mich selbstbewusster geben, wie Katie es tun würde.

Aber es ist zu spät. Meine Wangen brennen, während Anya den Kopf schräg legt und mich abschätzend anblickt. Sie öffnet den Mund, als wolle sie noch etwas sagen, aber bevor sie dazu kommt, hören wir, wie die Eingangstür wieder geöffnet wird, und diesmal ist es Jeff, der Dad von Ryan und Reese.

Die Jungen flitzen kreischend die Treppe hinunter, johlen, stolpern übereinander wie zwei

Welpen und wollen unbedingt die Aufmerksamkeit ihres Vaters erhaschen.

Anya und ich schauen uns schmunzelnd an und gehen dann ins Hobbyzimmer.

Reese und Ryan befehlen Jeff, sich hinzusetzen und ihr Konzert anzuhören. Er lässt sich gut gelaunt auf eine Couch plumpsen, streicht sich das wellige blonde Haar aus der Stirn und enthüllt damit seine warmen dunklen Augen. Er trägt eine Jeans und ein blau-weiß kariertes Hemd.

Reese sitzt am Schlagzeug, Ryan spielt Blockflöte. Gemeinsam klingt es schauerlich-schön, es ist Musik in meinen brandneuen Ohren.

Als befände ich mich mitten in einer Sitcom. Aber keiner, in der sich die Eltern ständig streiten, die Kinder schnippische Gören sind und keiner etwas Gutes im Schilde führt. Ich spreche von den letzten drei Minuten in jeder Sitcom, in der sich alle wieder vertragen, nett und lieb zueinander sind, die derben Späße vorüber und die Missverständnisse aufgeklärt sind und eine strahlende, perfekte, glückliche Familie gezeigt wird.

Nach dem Konzert der Jungen klatscht Jeff stehend Beifall.

»Das war toll, Jungs«, sagt Anya.

Jeff gibt Anya ein Begrüßungsküsschen und reicht ihr ein Brot. »Das ist frisch vom Bauernmarkt.«

»Oh, und es ist noch warm«, bedankt sich Anya überschwänglich.

Jeff begrüßt mich und fragt mich, wie mein Tag gewesen sei.

»Dad, du hörst uns gar nicht zu!«, brüllt Reese.

»Ich habe ja zugehört, aber nun muss ich das Abendbrot mit vorbereiten«, rechtfertigt sich Jeff und lacht gutmütig. »Ich versichere euch, dass ich euch in jedem Zimmer des Hauses hören kann.«

»Das ist gut so, oder, Dad?«, fragt Ryan.

»Das ist perfekt«, erwidert Jeff und küsst ihn auf den Kopf.

Ich folge Jeff und Anya in die Küche. Wir wollen dem Lärm entfliehen, aber das sagen wir natürlich nicht.

Als Jeff zur Arbeitsplatte geht und die Ärmel hochkrempelt, wird auf seinem rechten Unterarm eine Tätowierung mit der Aufschrift »Emily« sichtbar. Emily war der Name seiner ersten Frau, der Mutter der Zwillinge, die starb, als die Jungen kaum ein Jahr alt waren.

Ich versuche wie immer, die Tätowierung nicht anzustarren, aber sie ist kaum zu übersehen. Sie ist groß und die Buchstaben sind in schnörkeliger Kursivschrift und von einer Blumengirlande umgeben. Manchmal streicht er geistesabwesend darüber. Mir ist aufgefallen, dass Katies Mom sie auch manchmal betrachtet. Ich frage mich, wie sich das für sie anfühlt. Zu wissen, dass es in Jeffs Leben vor ihr schon einen Menschen gab, der ihm viel bedeutete. Vor und nach ihr, heißt das. Katies Mom und Jeff waren schon in der sechsten Klasse zusammen und trennten sich, als er mit seiner Familie wegzog. Und dann liefen sie sich Jahre später wieder über den Weg. Der Gedanke daran ist komisch.

Ich kann mir nicht vorstellen, irgendeinen der Jungen zu heiraten, die ich kenne, nicht einmal den, mit dem ich mich heimlich treffe. Aber darüber muss ich mir jetzt nicht den Kopf zerbrechen. Weil das der Anfang des Sommers und nicht mehr mein Problem ist. Ich treffe mich nicht mehr heimlich mit Kevin. Das macht jetzt Katie.

Ich möchte zu gern wissen, ob sie schon dahintergekommen ist. Das wäre interessant …

Ich frage mich, ob sie mittlerweile begriffen hat, dass alles real ist und wir wirklich die Körper getauscht haben. So wie ich Katie kenne, hält sie das Ganze wahrscheinlich immer noch für einen Traum. Sie glaubt nichts, bevor sie es nicht mit eigenen Augen gesehen hat. Darin unterscheiden wir uns. Aber offensichtlich schätze ich die Lage richtig ein.

»Du hast meine Frage noch nicht beantwortet. Wie war dein Tag?«, fragt Jeff. Ich meine, fragt Jeff Katie. Also mich. Was würde Katie darauf erwidern?

»Super«, sage ich, und weil Katies Antworten nie

einfach sind, füge ich hinzu: »Melody und ich sind an den Strand gefahren und dort war es ziemlich diesig. Das hatte ich so nicht erwartet. Und der Bus war auch ziemlich voll.«

»Ich hoffe, du hast dich trotzdem vor der Sonne geschützt?«, will er wissen.

Sonnenschutz ist ein großes Thema in Katies Familie, denn Emily starb an Krebs. Außerdem ist Jeff Umweltforscher. Er unterrichtet an der California State University Northridge, einer Hochschule in der Nähe.

»Habe ich«, antworte ich und verdrehe die Augen, wie Katie es getan hätte. »Du musst mich nicht ständig daran erinnern, weißt du …«

Plötzlich hören wir ein Geschrei aus dem Wohnzimmer. Reese und Ryan streiten sich darüber, wer heute Nacht im Doppelstockbett oben schlafen darf. Sie wechseln sich ab, aber vergessen immer, wer dran ist. Jeff seufzt und Anya legt das Messer hin. »Ich kümmere mich um die beiden, wenn du mit dem Essen weitermachst«, sagt sie.

»Das ist das Angebot des Tages«, scherzt Jeff.

Als Anya gegangen ist, wendet sich Jeff an mich und fragt: »Okay, Kumpel. Hilfst du mir mit dem Abendbrot?«

Das kann ich wohl kaum abschlagen. Katie würde das zumindest nicht. Und ich will es auch nicht. »Klar, warum nicht?«

Er blickt prüfend auf die Arbeitsplatte. »Sieht nach Veggie-Burgern und Salat aus. Du kannst die Möhren schneiden.«

»Gut«, sage ich, trete einen Schritt nach links und stehe jetzt vor dem Schneidbrett. Nun weiß ich nicht weiter – zu Hause helfe ich nie beim Kochen.

Wir kochen eigentlich auch nicht oft. Gemeinsam gegessen wird nur an Feiertagen und dann wird uns das Essen gebracht. Im seltenen Fall, dass mein Vater in der Stadt ist, hat er Geschäftsessen, zu denen meine Mom ihn gewöhnlich begleitet. Manchmal sind sie zu Wohltätigkeitsveranstaltungen oder auf Partys eingeladen. Wenn meine Mom zu Hause ist und wir beide allein sind, dann isst sie eigentlich nicht wirklich. Sie püriert Gemüse zu einem trüben, bitteren Gebräu und kippt es sich hinter die Binde. Sie wollte, dass ich es auch versuche, aber ich habe mich geweigert. Also hat sie nachgegeben und lässt mir nun das Essen von einem Biorestaurant kommen.

Ich weiß nicht, wie man Essen frisch zubereitet, und bin nicht darauf gefasst. Daher wird mir mulmig, als Jeff mir vier dicke Karotten reicht. Ich nehme sie, lege sie ab, starre sie minutenlang an und frage mich, wie ich die Sache in Angriff nehmen soll. Ich habe keine Ahnung und mir ist zum Heulen zumute. Aber das geht nicht, weil Katie niemals weinen würde. Nicht wegen ein paar Möhren.

Außerdem würde Katie sie so schneiden, wie es ihr in den Sinn kommt, und wenn jemand deshalb eine Diskussion vom Zaun brechen würde, würde sie einfach sagen: »So macht man das aber.«

Ich muss mehr wie Katie werden. Hier geht es nicht nur darum, in ihrem Haus zu wohnen und Zeit mit ihrer Familie zu verbringen. Ich lebe nun in ihrem Körper und kann mir daher etwas von ihr abschauen. Das ist es ohnehin, was ich will, und das ist es, was ich brauche.

Ich hole tief Luft, nehme das Messer und platziere eine Karotte ungeschickt auf dem Schneidbrett. Ich hebe das Messer und dann wird mein Körper stocksteif vor lauter Angst, etwas falsch zu machen.

Wie soll ich die Möhren schneiden, wo es doch so viele Möglichkeiten gibt? Wie macht Katie das und warum habe ich früher nie dabei aufgepasst?

Würde sie die Karotten in Streifen schneiden oder in kleine Scheiben, die wie Fünf-Cent-Stücke aussehen, aber besser schmecken? Und wenn ich sie in Scheiben teilen soll, wie dick müssen die dann sein? Ryan und Reese sind ja noch ziemlich klein. Wenn sie sich nun an meinen Möhren-Cent-Stücken verschlucken? Ich habe einmal einen Erste-Hilfe-Kurs in einem Fitnessstudio absolviert, aber ich traue mich nicht, mein Wissen in der Praxis anzuwenden. Wahrscheinlich würde ich alles vermasseln, und dann würde es Ryan und Reese, die gerade an ihren Möhren ersticken, noch schlechter gehen. Und das würde ich mir nie verzeihen.

Ich versuche, mich an frühere Abendessen in Katies Haus zu erinnern. Ich bin schon tausendmal hier zum Essen gewesen, also sollte es doch nicht so schwer sein. Aber die Form der Karotten? Keine Ahnung. Ich verfluche mich, weil ich nicht darauf geachtet habe. Wie konnte ich so unaufmerksam sein? Warum konnte ich nicht vorhersehen, dass ich eines Tages in Katies Körper und in Katies Küche vor Katies Stiefvater stehen, bei der Zubereitung des Abendessens helfen und dieses Wissen brauchen würde? Ich hätte darauf vorbereitet sein müssen.

Ich komme mir vor wie in der Schule, wenn die Lehrer mich aufrufen und ich gerade einmal wieder vor mich hingeträumt habe. Das ist mir letztes Jahr in Ms Jaffes Klasse ständig so gegangen und das Schlimmste war der Ausdruck in ihren Augen – diese unverkennbare Mischung aus Enttäuschung und Sorge. Obwohl sie nie ein Wort darüber verloren hat, weiß ich, was sie sich immer gefragt hat: *Warum ist Melody nicht so klug wie ihr Bruder? Hat nur Kyle die Intelligenz-Gene geerbt? Oder ist sie einfach nur faul? Ihre beste Freundin Katie ist schlau. Ich möchte zu gern wissen, was die beiden aneinander finden ...*

»Ist was, Katie?«, erkundigt sich Jeff.

Ich schließe kurz die Augen, um mich aus meinen Gedanken zu reißen, und schüttle dann den Kopf. »Nö, alles gut!«

Dann fange ich an, die Karotten in halbzentimeterdicke Scheiben zu zerkleinern. Die will ich dann noch einmal halbieren, damit sich keiner daran verschluckt. Mein Plan gefällt mir ziemlich gut.

Doch Jeff blickt mich immer noch so merkwürdig an.

»Was?«, frage ich.

»Willst du die Karotten nicht vorher schälen?«, erwidert er und gibt mir den Schäler.

»Ach ja«, sage ich hüstelnd. »Natürlich.«

Vielleicht haben meine Lehrer ja recht. Ich bin wohl einfach nicht besonders helle.

Ich werfe die ungeschälten Scheiben in den Biomüll-Eimer in der Ecke, laufe dann zur Spüle und schäle die übrigen drei Möhren.

Ich lasse mir Zeit beim Schneiden. Ich möchte keine weitere Aufgabe, die ich vermasseln kann.

»Die sehen toll aus. Danke, Schatz«, lobt mich Jeff und kehrt die Möhrenstückchen in die Salatschüssel.

Mein Plan hat funktioniert. Jeff ist zufrieden, ich bin es auch, und die Zwillinge bauen leise Legoraumschiffe im Wohnzimmer. Das Abendessen ist fertig und bald sitzen wir alle um den Tisch im Esszimmer. Die Burger ruhen auf dem blauen Teller, den Katie im *Color Me Lovely* handbemalt hat. Das ist ein Keramikladen im Einkaufszentrum. Das weiß ich, weil ich dabei war, als sie ihn bemalt hat. Er ist an einer Stelle schon angeschlagen, und ich finde es schön, dass er trotzdem noch in Gebrauch ist. Er hat einen nostalgischen Wert für die Familie und deshalb wird er nicht weggeworfen. Katies Mom und Jeff sitzen an den Tischenden. Auf einer Seite hocken die Zwillinge nebeneinander und ich habe ihnen gegenüber Platz genommen.

Ryan bohrt in der Nase.

Reese knabbert auf seinem kleinen Finger herum.

Ich versuche, nicht allzu breit zu grinsen, denn ich will keinen Verdacht erregen. Aber das ist ganz schön schwer, weil es keinen Ort gibt, an dem ich gerade lieber wäre. Ich wäre niemand lieber als Katie.

Als Jeff den Zwillingen Milch einschenkt, sagt er: »Wascht euch bitte die Hände, Jungs.«

Die beiden maulen, rücken aber die Stühle zurück und erheben sich. Wir hören, wie sie sich darüber zanken, wer zuerst darf, und dann sind sie wieder zurück und wischen sich die nassen Hände an den kurzen Hosen ab.

Reese beäugt die Milch und beschwert sich: »Er hat mehr als ich!«

Reese denkt immer, dass Ryan mehr bekommt.

»Nein, es ist absolut gerecht verteilt«, klärt Jeff die beiden auf. »Wollen wir die Waage holen, damit wir es nachprüfen können?«

»Ja«, fordert Reese.

Jeff steht tatsächlich auf und kommt mit einer kleinen, tragbaren Küchenwaage zurück, als ob es in diesem Haus ganz natürlich wäre, jeden Abend Getränke zu wiegen. Und vielleicht ist es das ja auch. Nur leider hat Ryan sein Milchglas schon geleert.

»Das ist unfair«, heult Reese, als er es merkt. »Er hat das Beweisstück zerstört.«

Ryan rülpst. »Ich habe es nicht zerstört, sondern getrunken.«

»Das ist das Gleiche!«, beschwert sich Reese.

»Ist ja schon gut, Jungs. Es gibt genügend Milch für alle«, sagt Anya.

Reese trinkt seine Milch aus und fordert Nachschub. Dann rülpst Ryan noch einmal, und Reese schnappt sich seinen Teller und marschiert zur anderen Seite des Tisches.

»Ich setze mich neben Katie«, verkündet er. »Bei dir ist es zu eklig.«

»Du bist eklig«, sagt Ryan und streckt ihm die Zunge heraus.

»Hey, keiner ist eklig«, sagt Jeff. »Lasst es jetzt mal gut sein.«

Ich koste den Salat. Er schmeckt lecker, besonders die Karotten.

»Wann fahren du und Melo mit uns an den Strand?«, fragt mich Reese.

»Ja, wann?«, wiederholt Ryan. »Melody hat es uns versprochen.«

Ich würde ihnen gern sagen, dass wir gleich morgen fahren, aber ich habe Bedenken, dass Jeff und Anya dann etwas merken. Es muss ihnen schon aufgefallen sein, dass ich mich ungewöhnlich verhalte.

Was würde passieren, wenn sie herausfänden, dass Katie und ich den Körper getauscht haben? Sie würden es vermutlich nicht glauben – kein Wunder. Wenn ich es ihnen verraten würde, würden sie glauben, ihre Tochter spinnt. Vielleicht würden sie mit mir zum Arzt gehen. Das will ich aber nicht. Zum Arzt gehen heißt, Spritzen zu bekommen und eine kalte Hand auf den Bauch, und dann muss man »ah« sagen, und die Zunge wird mit einem Spatel heruntergedrückt. Also mache ich es wie Katie und verziehe das Gesicht. »Fragt doch Melody. Es war ihre Idee!« Ich zucke zusammen bei diesen schrecklichen Worten. Aber so redet Katie mit ihren Stiefbrüdern.

Aus dem Augenwinkel sehe ich, wie Jeff und Anya sich einen wissenden Blick zuwerfen: Eltern-Geheimsprache. Und nun weiß ich, dass meine Vorstellung überzeugend ist. Sie sehen enttäuscht, aber nicht misstrauisch aus. Ich schäme mich, weil ich so gemein zu Ryan und Reese bin, aber ich habe keine Wahl. So würde Katie sich verhalten.

»Ruf sie an, und ich frage sie«, sagt Ryan.

»Ich rufe sie an. Was ist ihre Nummer?« Reese steht auf und läuft zum Telefon.

»Alle wieder hinsetzen. Beim Essen wird nicht telefoniert«, fordert Jeff.

Reese lässt sich wieder auf den Stuhl plumpsen und meint: »Dann nach dem Abendbrot.«

»Vielleicht«, sage ich. »Melody hat heute Abend zu tun.«

Ich frage mich, was Katie wohl treibt. Vermutlich streift sie allein in unserem Haus herum. Mein Dad ist wie üblich in San Francisco und meine Mutter hat wahrscheinlich auch ihre Pläne – eine Wohltätigkeitsveranstaltung, Vereinssitzung oder Cocktailparty. Sie macht alles Mögliche, nur um nicht mit mir zu Hause bleiben zu müssen, und ein bisschen kann ich das verstehen. Unser Haus ist kalt und einsam, besonders seit Kyle ausgezogen ist. Katie ist es nicht gewöhnt, allein zu sein, und ich bin mir sicher, dass es ihr zu schaffen macht. Sie beschwert sich immer darüber, dass sie zu Hause keine Privatsphäre mehr hat, seit Jeff und die Zwillinge bei ihnen eingezogen sind. Sie hat keine Vorstellung, wie sich Alleinsein wirklich anfühlt. Wie einsam man ist, wenn jeder in der Familie woanders sein will und es gewöhnlich auch ist.

Sie weiß es echt nicht zu schätzen, wie unglaublich gut sie es hat. Denn hier mit den Millers am Abendbrottisch zu sitzen? Das ist einfach nur toll!

Das Essen ist warm, köstlich, es gibt reichlich davon, und alle essen. Am Tisch herrscht Gedränge, er ist halb so groß wie unser Esstisch zu Hause, was absurd ist, weil an unserem kaum einmal mehr als zwei Menschen sitzen.

»Hast du von den explodierenden *Eelons* gehört?«, erkundigt sich Jeff.

»Von den was?«, fragt Ryan.

»Der *Eelon* ist ein Elektroauto, und bei einigen ist die Batterie in Flammen aufgegangen«, erklärt Jeff.

»Ist das so ein Auto, wie Melodys Dad eins hat?«, will Ryan wissen. »Der coole?«

»Ja«, antworte ich. Mein Dad fährt nicht nur einen *Eelon*, sondern seine Firma stellt auch einige der Teile her. Deshalb wird mir ein wenig bang. »Was heißt, sie gehen in Flammen auf?«

»In der *LA Times* steht heute ein großer Artikel darüber«, klärt Anya mich auf und wirkt überrascht. »Hast du ihn denn nicht gesehen?«

Ich zucke die Schultern, weil mir nicht klar war, dass Katie Zeitung liest. »Ich hatte es heute Morgen eilig. Ich muss ihn übersehen haben.«

»Ja, weil du ohne uns an den Strand bist!«, beklagt sich Ryan.

Jeff schluckt einen Bissen seines Veggie-Burgers

hinunter und sagt: »Wenn sie zu schnell fahren, überhitzt die Batterie. Dann kann es zu Funkenflug kommen und die Batterie gerät in Brand. Das ist in diesem Monat schon zweimal passiert.«

»Das ist ja schrecklich«, sagt Anya. »Ich hatte mir von den E-Autos so viel versprochen.«

»Nun ja, Elektroautos werfen ohnehin ein paar interessante moralische Fragen auf«, sinniert Jeff.

Es wundert mich, dass Jeff Elektroautos kritisiert, wo er doch Umweltforscher ist.

»Solltest du Elektroautos nicht befürworten?«, frage ich. »Ist es nicht für die Umwelt viel besser, wenn nicht so viele Benzinschleudern rumfahren? Das sagt zumindest mein ... äh, Melodys Dad.«

»Es wäre natürlich toll, wenn jeder ein Elektroauto fahren würde«, erwidert Jeff. »Aber das ist für die meisten unerschwinglich. Nur wohlhabende Leute können sich mal eben ein neues Auto leisten, sparen dann Benzin und bekommen obendrein noch Steuervergünstigungen. Im Großen und Ganzen ist es daher ein Förderprogramm, von dem nur manche Leute profitieren.«

Ich denke einen Augenblick darüber nach. »Dann wäre es wohl besser, wenn jemand etwas erfinden könnte, was aus Benzinschleudern automatisch Elektroautos macht, anstatt dass die Leute sich einen funkelnagelneuen Wagen kaufen müssen.«

Jeff deutet mit der Gabel auf mich und lächelt. »Das ist ein ausgezeichneter Gedanke, Katie. *Du* solltest so etwas erfinden.«

Ich richte mich auf meinem Stuhl auf. Vielleicht kann ich ja mithalten bei einem Abendbrot der Millers. Ich scheine mich gut zu schlagen. Womöglich liegt das an Katies Körper. Die Leute erwarten von mir, dass ich klug und umsichtig bin, und daher bin ich es auch. Bei allem, was ich sage, bekomme ich einen Vertrauensvorschuss, weil alle wissen, dass Katie eine Schlaubergerin ist.

Wenn ich jedoch Melody bin ... na ja, das ist eine andere Geschichte.

Während ich diesen Gedanken nachhänge, spüre ich plötzlich etwas Kaltes und Nasses auf meinem Schoß. »Ah!«, rufe ich überrascht aus. Ich blicke nach unten. Ryan macht ein verlegenes Gesicht, und das aus gutem Grund: Er hat mir ein ganzes Glas Milch übergekippt. Was eine absolute Meisterleistung ist, wenn man bedenkt, dass ich gegenübersitze.

»'tschuldigung«, sagt Ryan.

Er wirkt, als würde er gleich losheulen. Das ist das Süßeste und Traurigste, was ich heute Abend gesehen habe. »Ist nicht schlimm, Ryan.« Ich bin im Begriff, aufzustehen und ihn in die Arme zu schließen, doch dann bremse ich mich.

Alle am Tisch sind verstummt.

Jeder starrt mich verwundert an.

Oh, oh. So verhält sich Katie ganz bestimmt nicht. Ich setze mich wieder hin und schnauze: »Ryan, musst du dich immer so dämlich anstellen? Das geht einem echt auf die Nerven.«

»'tschuldigung«, sagt er wieder, reibt sich die Augen und kämpft mit den Tränen.

Ich fühle mich schrecklich, aber zumindest bin ich in meiner Rolle geblieben.

Anya erhebt sich, eilt in die Küche und kommt einen Augenblick später mit einem Geschirrtuch zurück.

Ich wische mir die Milch von der Kleidung und versuche, dabei gereizt zu wirken. Ich werde den Jumpsuit ausziehen müssen, aber das finde ich nicht besonders schade. Ich würde es nie sagen, weil ich die Gefühle der echten Katie nicht verletzen möchte, aber ich finde ihren Klamottengeschmack echt merkwürdig. Und mit *merkwürdig* meine ich eigentlich *furchtbar*.

»Bin gleich zurück«, sage ich und gehe nach oben, um mir eine Jeans und ein T-Shirt anzuziehen.

Als ich an den Tisch zurückkehre, sind alle mit dem Essen fertig.

»Dürfen wir aufstehen?«, fragt Reese für sich und seinen Bruder.

»Klar«, erwidert Anya.

»Ich auch?«, will ich wissen und stehe auf, um meinen Teller wegzuräumen.

Jeff bietet an, den Abwasch zu übernehmen. Ich will den Zwillingen gerade nach oben folgen, als Anya mich daran erinnert, dass es Zeit zum Klavierüben ist.

»Zwanzig Minuten«, sagt sie und deutet auf ihre Uhr.

Ich mustere das Klavier, das in der Ecke des Hobbyzimmers steht. Katie muss jeden Tag zwanzig Minuten üben. Sie beschwert sich die ganze Zeit darüber, aber das Coole ist, dass sie wirklich gut ist. Ich höre Katie gern beim Spielen zu.

Ich schlucke, schleiche langsam zum Klavier hinüber und setze mich auf den Schemel. Dann schaue ich auf meine dünnen, blassen, sommersprossigen Hände hinunter und frage mich, wo die Fähigkeit zum Klavierspiel herkommt. Steckt sie in den Fingern? Ich hoffe es. Mit jeder Faser meines Herzens wünsche ich mir, dass ich nicht nur Katies Augen, Haare, Nase, Mund, Stimme, Sommersprossen, Haut und Knochen übernommen habe, sondern auch ihr musikalisches Talent.

Wenn nicht, tja, dann könnte das hier das Ende der Vorstellung sein.

Katie

Im Kussrausch

Ich habe einen echten Jungen aus Fleisch und Blut geküsst, und nicht nur irgendeinen – ich habe den absoluten Traumjungen im ganzen Universum geküsst. Er ist mein größter Schwarm, er ist mein einziger Schwarm: Kevin!

Melody zu sein, ist noch viel fantastischer, als ich es mir jemals vorgestellt hätte. Wenn ich Katie wäre, würde ich jetzt Klavier üben. Stattdessen bin ich hier mit dem tollsten Jungen der Stadt.

Diese Tatsache überwältigt mich derart, dass ich nicht weiß, was ich sagen soll, obwohl er direkt vor mir steht.

Das ist der beste Traum, den ich in meinem Leben hatte.

Noch besser als der Traum, in dem ich im Vorprogramm von Lorde bei ihrem Konzert im Hollywood Bowl auftrat. Sogar noch besser als der, in dem Lorde in meinem Vorprogramm sang.

Und warum? Weil Kevin immer noch hier ist.

Ich wünschte, ich könnte aus meinem Körper herausschweben und die Szene von oben betrachten.

Ich wünschte, ich hätte uns beim Küssen mit meinem Handy fotografiert. Dann hätte ich jetzt ein Andenken, das ich als Bildschirmschoner verwenden könnte. Abgesehen davon, dass auf dem Foto Melodys Gesicht und nicht meines zu sehen wäre. Doch im Moment schiebe ich dieses kleine Detail weg und konzentriere mich auf Kevin.

Er riecht nach Sonnencreme, Schweiß und etwas Fruchtigem. Lippenbalsam mit Kirschgeschmack, denke ich.

Ja, definitiv.

Ich wusste gar nicht, dass Kevin Lippenbalsam nimmt. Und mit Kirschgeschmack? Das überrascht mich. Es passt nicht zu ihm. Das passt eigentlich zu keinem Jungen. Doch es macht mir Kevin noch sympathischer. Er ist so lustig und spontan. Fast schon ein wenig zu anbetungswürdig.

Aber eben auch ein bisschen komisch.

Nicht auf eine negative Weise – glaube ich. Doch normalerweise verbinde ich Lippenbalsam mit Kirschgeschmack mit Rebecca, einem Mädchen aus meiner alten Pfadfindertruppe. Sie trug immer geflochtene Zöpfe, auf deren Enden sie herumkaute, sodass sie feucht wurden, vorn zusammenklebten und einen leicht fruchtigen Duft verströmten.

Aber warum muss ich an Pfadfinderinnen denken, die auf ihren Zöpfen herumkauen, wenn ich umwerfend aussehe, mich in Melodys umwerfendem Haus befinde und das umwerfende rote Kleid ihrer Mom trage? Und neben Kevin stehe, der ebenso umwerfend ist. Passt da nicht alles perfekt zusammen?

Heute ist ein wunderbarer Tag.

Und könnte es einen krönenderen Abschluss geben? Wie die Kirsche auf einem Rieseneisbecher. Nein, besser als nur eine Kirsche. Wie mit Kirsche und einer Extraportion Sahne oder wie ein Lippenbalsam-Kuss mit Kirschgeschmack.

Ich warte darauf, dass Kevin mir verliebt in die Augen schaut und mir sagt, wie unglaublich perfekt, intelligent und wundervoll ich bin. Der Traum seiner schlaflosen Nächte. Vielleicht schlägt er vor, spazieren zu gehen. Dann halten wir Händchen, laufen die Straße hinunter und stolpern womöglich über ein paar herrenlose Welpen, die wir retten und mit Milch aus der Pipette aufpäppeln.

Ich frage mich, ob Melody immer noch das Tandem in ihrer Garage hat. Wir könnten es morgen hervorholen, wenn es ein Morgen in meinem Traum gibt. Ich hoffe hundertprozentig, dass er länger als einen Tag dauert.

Moment mal. Warum hat Kevin Melody geküsst, wo die Sommerferien doch heute erst anfangen?

Wenn mich mein Gedächtnis nicht im Stich lässt, was, nebenbei bemerkt, ganz ausgezeichnet funktioniert, dann haben Melody und ich Kevin zu Ferienbeginn zum ersten Mal *gesehen*. Und am vierten Juli habe ich endlich den Mut aufgebracht, ihn anzusprechen. Melody war natürlich mit von der Partie. Wir sind immer zusammen. Ich habe die beiden einander vorgestellt, weil ich ein netter Mensch bin und keine Ahnung hatte, dass sie mich hintergehen würde. Wie dem auch sei, Fakt ist, dass wir beide ihn erst am vierten Juli kennengelernt haben.

Doch der Tag liegt in der Zukunft!

Warum sollte Kevin mich küssen, wenn wir uns noch gar nicht kennen?

In welchem Universum ist das möglich?

Kevin lächelt und fragt: »Darf ich reinkommen?«

»Hä?«, erwidere ich. »Äh, ja, natürlich.«

Er tritt ein, wir gehen ins Wohnzimmer und setzen uns auf die Couch. Gut.

Das übertrifft meine Erwartungen. Hier ist er, Kevin, der Mann meiner Träume.

Und das ist doch ein Traum.

Oder?

Natürlich ist es ein Traum.

Muss es ja sein.

Im wahren Leben tauschen Menschen nicht ihren Körper. Das ist unmöglich.

Doch in meinem Traum hat bis jetzt faktisch jedes kleine Detail gepasst, das heißt, dies alles muss auf der Wirklichkeit beruhen.

Melodys Mom sieht aus, klingt und verhält sich so wie Melodys Mom.

Das Gleiche trifft auf Vicki und den ekligen Lustgreis im *Golden Spoon* zu.

Ich kann nicht fliegen.

Ich spüre Schmerz.

Mir gefällt der Geschmack von Naturjoghurt.

Ich bin durch und durch Melody. Mir läuft das Wasser im Mund zusammen, sobald ich das Wort »Marshmallow« höre.

Und wo wir gerade von Mündern sprechen ... warum war seiner auf meinem, wenn heute der erste Ferientag ist? Warum ist Kevin hier hereinspaziert, als ob er schon unzählige Male hier gewesen wäre? Bin ich in einer Zeitschleife? Und jetzt wieder am Ende des Sommers? Nein. Irgendetwas sagt mir, dass es eine plausiblere Erklärung gibt.

Die muss ich herausfinden, also wende ich mich an Kevin.

Ein Teil von mir will die Frage nicht stellen, weil ich diesen perfekten Moment nicht ruinieren will, aber ich muss die Wahrheit wissen.

Ich drehe den Kopf und schaue Kevin von der Seite an. »Hey, welcher Tag ist heute?«, erkundige ich mich.

»Wie meinst du das?«, fragt er zurück.

»Ich meine, welchen Tag wir heute haben.«

Er blickt mich verständnislos an. »Äh, Montag?«

»Richtig, Montag, also der erste Ferientag?«

»Oh ja«, sagt er und lehnt sich wieder zurück. »Natürlich.« Er lacht und fährt sich mit den Fingern durch das Haar. »War meine Vorstellung am Strand überzeugend? Also, so zu tun, als hätte ich dich zum ersten Mal gesehen? Du hast dich so komisch aufgeführt. Zuerst wusste ich nicht, warum, aber dann ist mir klargeworden, dass du wegen Katie so 'ne Show abziehst, und hat ja auch geklappt. Sie hat es nicht gecheckt und weiß nichts von uns.«

Ach du Scheiße! Als ich das höre und den Nachmittag vor meinem inneren Auge noch einmal Revue passieren lasse, wird mir übel.

Ich möchte eigentlich nicht mehr weiterfragen, aber es muss sein: »Wenn heute der erste Ferientag ist, seit wann kennen wir uns dann eigentlich?«, will ich wissen.

Kevin antwortet mir nicht sofort, sondern schaut nur verblüfft. Aber er muss eigentlich auch nichts mehr sagen, ich kann von seiner Miene ablesen, was jetzt kommt.

»Na, seit den Weihnachtsferien? Bist du sicher, dass es dir gut geht? Gedächtnisverlust kann Anzeichen einer Gehirnerschütterung sein. Der Sturz heute Morgen war ja nicht so heftig, aber vielleicht hat dein Kopf doch was abbekommen ...«

»Nein, nein, mir geht's gut«, sage ich und lasse mich in die Sofakissen sinken.

Die Wahrheit hat mich wie ein Blitz direkt in mein wundes Herz getroffen. Melody hatte recht. Das ist kein Traum.

Wir haben in echt unsere Körper getauscht. Mein Wunsch hat sich erfüllt. Ich verlebe den Sommer noch einmal als Melody. All das geschieht tatsächlich und das ist noch nicht alles.

Als ich Melody und Kevin dabei ertappt habe, wie sie sich in ihrem Whirlpool geküsst haben, war ich wütend, weil sie ihn mir vor der Nase weggeschnappt hat. Wir hatten deswegen einen Megastreit, weil ich mich zuerst in Kevin verliebt habe und wir beide uns geeinigt hatten, dass ich ihn haben könne.

Doch da lag ich wohl daneben. Melody kannte Kevin bereits lange vor mir. Die beiden haben eine geheime Geschichte zusammen, von der ich nichts weiß.

Das bedeutet, dass meine beste Freundin mich seit Ewigkeiten anlügt! Und ich habe keinen blassen Schimmer, warum.

Melody

Keine friedlichen Töne

Beethovens Fünfte liegt auf dem Notenständer vor mir und fühlt sich wie eine Zeitbombe an. Während ich auf die Taktstriche und Noten starre, wirbeln panische Schmetterlinge durch meinen Bauch und flattern hinauf bis in die Kehle. Die fremden Zeichen tanzen vor meinen Augen, verschwimmen und erschließen sich mir nicht.

Als ich sieben war, hatte ich Klavierunterricht, weil ich wie Katie sein wollte.

Meine Eltern waren so glücklich darüber, dass sie mir, sobald ich ihnen von meinem Wunsch berichtet hatte, einen schwarz glänzenden Steinway-Flügel kauften, der laut den Recherchen meines Dads der beste sein sollte.

Überall erzählten sie herum: »Kyle bringt nur Einsen nach Hause, und Melody will Pianistin werden, was ja auch gut zu ihrem Namen passt.«

»Spiel mir eine Melodie vor«, sagte mein Vater an den seltenen Abenden, an denen er zu Hause war. Dann lachte er, weil er sein Wortspiel für superwitzig hielt.

Ich habe mir wirklich alle Mühe gegeben. Ich wollte die Melody sein, die Melodien zum Klingen bringt. Ich wollte mich ans Klavier setzen, die Augen schließen und mühelose wunderschöne Klänge hervorzaubern. Ich kämpfte mit dem Notenlesen, versuchte verzweifelt, sie zu entziffern. Ich glaubte, es wäre wie Bücherlesen, was ich schon immer gern getan habe. Aber es war anders. Der Klavierschemel war kalt, hart und ich kam mit meinen Füßen nicht einmal auf den Boden. Gerade zu sitzen und die Handgelenke hochzuhalten – eine einzige Tortur. Jedes Mal, wenn meine Finger die Tasten berührten, klang es schauerlich, und wenn ich übte, hielt Kyle sich die Ohren zu. Er beklagte sich bei Mom, dass er sich nicht auf die Hausaufgaben konzentrieren könne, weil ich so grauenhaft spielte.

Ich kann es ihm nicht wirklich verübeln. Es klang echt grauenhaft. Aber ich habe es wenigstens versucht. Nicht dass mein Lehrer mir das geglaubt hätte. Vor meinem inneren Auge sehe ich immer noch, wie Mr Hurdys Pausbacken puterrot anliefen und seine blauen Augen zornig hinter der Hornbrille funkelten. Der Typ hatte eine fiese Ader. »Warum kommst du überhaupt hierher, Melody, wenn du dir kein bisschen Mühe gibst?«, fragte er. Was sollte ich darauf schon antworten? Die Wahrheit war, dass ich stundenlang übte, aber trotzdem nicht besser wurde. Es war mir lieber, dass er glaubte, ich würde mich nicht anstrengen, denn das war nicht ganz so peinlich.

Ich begann, mich vor dem Unterricht so zu fürchten, dass mir die Tränen kamen, wenn ich nur daran dachte. Ich flehte meine Eltern an, aufhören zu dürfen, und schließlich gaben sie nach, behielten aber das Klavier.

»Es macht nichts, dass keiner darauf spielt«, sagte Mom und strich mit der Hand über die glatte schwarze Oberfläche. »Es sieht einfach hübsch aus im Wohnzimmer.«

Das stimmte.

Aber nun sitze ich in einem anderen Zimmer. Katies Klavier ist braun, abgenutzt, normal groß und kein bisschen aufregend, abgesehen von seiner Herkunft. Es gehörte ihrer Urgroßmutter, die Musiklehrerin war. Der Schemel ist bequemer als der, den wir zu Hause haben. Er ist mit verblichenem roten Samt gepolstert.

Jeff sagt: »Ich höre gar keine Musik.«

Wenn ich nur noch ein bisschen länger bei der Stange geblieben wäre, mehr geübt, Notenlesen gelernt oder darauf bestanden hätte, einen Lehrer zu finden, vor dem ich keine Angst hatte.

Aber für *hätte* und *wäre* ist es nun zu spät. Ich muss den Tatsachen ins Auge schauen. *Ich werde auffliegen.* Jeff und Anya werden herausfinden, dass ich eine Betrügerin bin, und mich heimschicken, egal, wie ich aussehe und wessen Körper ich okkupiere.

Bevor ich die Finger auf die Tasten sinken lasse, höre ich jemanden an die Tür hämmern.

Ich fahre zusammen und auch die anderen erschrecken.

Das Klopfen wird lauter und heftiger. Mich beschleicht ein ungutes Gefühl.

Anya blickt stirnrunzelnd zu Jeff, der sich von der Couch erhebt.

Ich springe schnell auf, denn ich kann mir denken, wer das ist.

»Ich gehe schon«, sage ich und haste zur Tür. »Das ist sicher für mich.«

Als ich die Tür öffne, weiche ich zurück. Es ist Katie in meinem Körper, und sie anzuschauen, ist, wie in einen Spiegel zu blicken. Aber nicht ganz, denn irgendetwas stimmt hier nicht. Ich werde niemals so wütend, aber die Melody, die jetzt vor mir steht, ist außer sich – sie hat die Zähne aufeinandergepresst, gerötete Wangen und zusammengekniffene Augen. Wenn man Dampf aus den Ohren ablassen könnte, würde sie es tun.

»Wir müssen reden«, zischt sie mich an.

Ich bin nicht nur über ihren Zorn schockiert, sondern auch über ihre Aufmachung. Sie trägt einen winzigen roten Fetzen, der meiner Mutter gehört, und dazu ein paar wadenhohe Ugg Boots. Außerdem fällt mir auf, dass sie sich am Make-up meiner Mutter bedient hat. Und wie Katie nun einmal ist, ist sie völlig über das Ziel hinausgeschossen: dunkelblauer Eyeliner, hellblauer Lidschatten, eine dicke Schicht Wimperntusche, knallroter Lippenstift und noch knalligeres Rouge.

»Du siehst wie ein Clown aus, Katie!«

»Für dich immer noch Melody«, sagt sie spitz.

»Gut, dann eben Melody. Dir ist schon klar, dass du viel zu viel Ausschnitt zeigst, oder? Und die Stiefel passen nicht zum Kleid. Und warum trägst du im Juni Stiefel? Schwitzt du nicht an den Füßen?«

»Oh bitte«, sagt Katie und fährt sich mit den Fingern durch ihr Haar. Durch mein Haar, das steif und glänzend ist von all dem Gel, das sie sich hineingeschmiert haben muss. »Entschuldige bitte, dass ich dir endlich ein paar coolere Klamotten verpasst habe.«

»Alles in Ordnung?«, ruft Anya aus dem Wohnzimmer.

»Jetzt nicht, Mom«, schreit Katie.

»Wie bitte?«, fragt Anya.

Ich stoße Katie in die Rippen und flüstere: »Das ist nicht deine Mom. Es ist meine!«

»Anya«, korrigiert sie sich. »Ich sagte, alles ist super. Ich muss nur kurz mit Katie reden.«

»Was ist mit dem Klavierüben?«, will Anya wissen.

»Das mache ich danach«, antworte ich. »Versprochen!« Dann schnappe ich mir Katies Hand und ziehe sie die Treppe hoch.

Sobald wir in ihrem Zimmer sind, schließe ich die Tür und drehe die Stereoanlage auf, damit uns keiner hören kann.

»Weißt du was, Kevin ist bei mir reingeschneit«, fängt Katie an.

Oh Mann! Daher weht also der Wind.

»Tatsächlich?«, frage ich. »Das ist ja ein Ding.« Ich begutachte meine Fußspitzen, weil ich Katie nicht in die Augen schauen kann.

»Hör auf, mich für dumm zu verkaufen!«, sagt sie.

Eigentlich sagt sie es nicht, sie knurrt es.

Ich könnte Katie auch so einiges vorwerfen. Dass sie sich ständig Sachen von mir borgt und nie zurückgibt, dass sie sich immer über ihre Familie beklagt, obwohl alle so nett und lustig sind. Doch irgendetwas hindert mich daran. Die Argumente geistern mir im Kopf herum, aber schaffen es nie bis in meinen Mund. Das ist immer so: Ich bin oft sprachlos. Verwirrt.

So geht es mir auch in der Schule. Wenn ich im Unterricht aufgerufen werde, kommt mir entweder eine Antwort in den Sinn, von der ich fürchte, dass sie falsch ist, oder in meinem Hirn herrscht gleich völlige Ebbe. Und dann fällt mir eine Stunde später, wenn es viel zu spät ist, etwas Geniales ein.

»Sitz doch nicht einfach so rum!«, schimpft Katie auf mich herunter.

Ich muss sie hinhalten. Ich brauche mehr Zeit. »Worüber regst du dich eigentlich so auf?«

»Das weißt du ganz genau«, antwortet Katie. »Kevin hat mich geküsst. Und warum sollte er das tun, warum ist er überhaupt zu mir nach Hause gekommen, wo wir uns doch angeblich gar nicht kennen? Woran könnte das wohl liegen, Melody, hm? Weil du Kevin sehr wohl kennst. Und das offensichtlich schon eine ganze Weile.«

»Sprich doch leiser. Sie können dich ja hören«, flüstere ich.

»Ist das alles, was du zu sagen hast?«, fragt sie und schüttelt den Kopf. »Das reicht nicht. Kevin hat mir erzählt, dass ihr euch schon im Dezember kennengelernt habt und du ihn gebeten hast, keinem etwas davon zu erzählen. Warum? Was soll das?«

Katie ist ja zu Recht sauer. Ich habe immer wieder gelogen. Das hier fühlt sich wie eine Neuauflage unseres Streits vom August an, nur viel schlimmer. Vielleicht sollte ich diesmal die Gelegenheit ergreifen, die Dinge richtigzustellen, ihr meine Lage verständlich zu machen, aber ich habe keinen blassen Schimmer, wo ich anfangen soll.

Sie stampft ungeduldig mit dem Fuß auf. »Ich warte!«

Ich kann nicht schneller denken, als ich es tue. Wenn ich es könnte, würde ich es. Das will ich ihr gerade sagen, als die Tür mit einem Schwung aufgeht und Ryan und Reese hereinstolpern.

Katie, in meinem Körper, macht einen genervten Eindruck und faucht sie an: »Jungs, das ist privat.«

Reese und Ryan schauen entsetzt zu ihr auf. So redet Melody nie mit ihnen. Und es macht mich ganz kirre, dass Katie sich so aufführt. Dadurch stehe nicht nur ich in einem schlechten Licht da, sondern es ist auch supergemein.

Ich kneife sie.

»Au!«, schreit sie und reibt sich den Arm. »Das hat wehgetan!«

»Gut, du hast es verdient. Schnauz meine Brüder nicht so an.«

»Okay«, meint sie und reibt sich unglücklich den Arm. Ein roter Fleck zeichnet sich auf ihrer Haut ab – auf meiner Haut. Ich frage mich, ob er immer noch da sein wird, wenn wir unsere Körper wieder zurücktauschen. *Falls* wir sie je zurücktauschen.

»Es ist nicht okay, entschuldige dich«, fordere ich.

»Tut mir leid, dass ich deine Brüder angeschrien habe«, sagt Katie.

»Nein, nicht bei mir. Entschuldige dich *bei ihnen.*«

Katie blinzelt und wendet sich dann an die Zwillinge. »Entschuldige, Ryan. Entschuldige, Reese. Katie hat recht. Ich sollte euch nicht anschreien.«

Sie ringt sich ein Lächeln ab und blinzelt immer wieder. Ich merke, dass sie die Tränen zurückhält.

Ryan lächelt zurück, aber Reese mustert sie, als denke er über irgendetwas nach.

»Macht es euch was aus, uns mal kurz allein zu lassen? Wir sind mitten im Gespräch«, sagt Katie und wischt eine einsame Träne von ihrem Gesicht.

»Wer bist du?«, fragt Reese Katie.

»Was meinst du damit?« Sie schnieft. »Ich bin Melody.«

Reese beäugt sie von oben bis unten und sagt: »Nein, bist du nicht. Du hast komisches Zeug an. Melody zieht so was nich an.«

Ryan nickt mit weit aufgerissenen Augen. »Und du redest auch nicht wie sie. Du bist so gemein wie Katie.«

»Du findest Katie gemein?«, fragt Katie und stemmt die Hände in die Hüften. »Vielleicht ist es nicht so einfach für sie, plötzlich zwei kleine Brüder zu haben, die ihr ständig vor der Nase herumschwirren. Vielleicht braucht sie ja ein bisschen mehr Raum für sich, denn es ist nicht immer leicht, in der Unterzahl zu sein.«

Nun wirken die Kleinen noch misstrauischer. Ich

werfe Katie einen warnenden Blick zu, während ich ihre Brüder zur Tür bugsiere. »Ich habe euch lieb, ihr beiden, aber Melody und ich müssen uns jetzt mal unterhalten. Okay? Danach bauen wir eine Burg oder spielen zusammen Superhelden, versprochen.«

Die beiden ziehen ab, werfen allerdings einen nachdenklichen Blick über die Schulter. Ich habe das Gefühl, dass sie uns in null Komma nichts auf die Schliche gekommen sind.

Als wir wieder allein sind, die Tür zu ist und die Musik noch lauter dröhnt, weint Katie wirklich.

Ich seufze, setze mich neben sie aufs Bett und sage: »Es tut mir leid, Katie. Ich wollte dich nicht anlügen. Das habe ich nur getan, weil es einfacher war.«

»Er muss mich für völlig bescheuert halten«, schluchzt sie und reibt sich die Augen. Sie atmet tief ein, bevor sie fortfährt. »Das ist ja so peinlich. Erzählst du mir bitte jetzt die Wahrheit?«

Da ich ihr diesen Wunsch nicht abschlagen kann, beschließe ich, ehrlich zu ihr zu sein. »Na ja, Kevin und ich haben uns in den Weihnachtsferien kennengelernt, als du in Seattle warst. Er hat seinen Dad besucht, der nebenan wohnt. Das war, bevor Kevin sich entschieden hat, ganz nach Braymar zu ziehen.«

»Ähm, wir haben uns fast jeden Tag unterhalten,

Melody. Da hättest du ja mal erwähnen können, dass du einen süßen Typen getroffen und dich in ihn verknallt hast. Wissen es unsere anderen Freunde? Hast du es Ella und Bea gesagt?«

»Nein«, sage ich und schüttle den Kopf. »Ich habe niemandem etwas von Kevin und mir erzählt und ich habe mich auch nicht verknallt. Wir haben einfach zusammen abgehangen. Und geredet.«

»Und euch geküsst«, fügt sie hinzu.

»Anfangs nicht«, sage ich seufzend. »Aber irgendwann ... ja.«

»Ich kann nicht glauben, dass du zum ersten Mal geküsst worden bist und mir kein Wort davon verraten hast. Warte mal, Kevin war doch der Erste, der dich geküsst hat, oder?«

»Na klar«, sage ich.

»Warum ist es dir dann nicht in den Sinn gekommen, es deiner besten Freundin zu berichten? Oder bin ich nicht mehr deine beste Freundin? Warum solltest du mir sonst verschweigen, dass ihr euch geküsst habt? Ich meine, was geht denn hier vor?«

Ich hasse es, wenn Katie mich so bedrängt. Manchmal wird es mir einfach zu viel, ihre starke Persönlichkeit, und wie ich dann jedes Mal ihr gegenüber kleinlaut werde, obwohl ich es nicht bin. Oder zumindest nicht sein will. »Du verstehst das nicht. Es ist schwierig«, sage ich.

»Was ist denn so schwer daran, einen tollen Typen zu küssen? Was ist so schwer daran, schön und perfekt zu sein und alles zu haben? Und ja, gut, du bist nicht verpflichtet, mir zu sagen, dass du in den Weihnachtsferien einen süßen Jungen getroffen hast. Aber es ist total gemein, mir das zu verheimlichen, wenn du weißt, dass ich auf ihn steh. Ich kann nicht glauben, dass du zusiehst, wie ich einen Jungen für mich beanspruche, mit dem du bereits zusammen bist!«

»Darum geht es ja«, beginne ich, aber Katie fällt mir ins Wort, bevor ich den Satz beenden kann.

»Wird es nächstes Schuljahr dann so sein?«, bohrt sie weiter. »Du und Kevin, ihr macht euer Ding und habt Geheimnisse vor mir?«

»Es geht doch hier gar nicht um dich«, rufe ich ihr ins Gedächtnis.

»Das geht es sehr wohl!«, heult sie auf. »Wir sind beste Freundinnen, schon seit einer Ewigkeit. Ich erzähle dir alles über mein trauriges, ödes Leben. Und ich habe gedacht, du würdest mir auch alles erzählen. Aber da habe ich mich wohl geirrt. Also, warum hast du es mir nicht gesagt?«

Irgendetwas in mir kocht über. Ich kann mir das nicht länger anhören. Mir geht Katies ganze Einstellung gründlich auf die Nerven. Meine beste Freundin ist nachtragend, liegt völlig daneben, und ich habe es satt. Also hole ich tief Luft und sage zu ihr: »Dein Leben ist nicht öde – es ist genial. Und mein Leben ist alles andere als perfekt. Und vielleicht habe ich dir ja nichts von Kevin und mir erzählt, weil ich es über habe, dass du ständig so mit mir redest.«

Katie schnappt nach Luft und es hat ihr zum ersten Mal überhaupt die Sprache verschlagen. Aber sie erholt sich schnell.

»Das ist ja so fies.«

»Warum? Es ist die Wahrheit«, verteidige ich mich und stehe auf. »Du willst wissen, wie es in der achten Klasse sein wird? Das weiß ich nicht, aber ich sage dir, wie es nicht laufen wird. Ich werde nicht mehr herumsitzen und darauf warten, dass du mir sagst, was ich zu tun habe. Ich habe eine eigene Meinung und ein eigenes Leben. Du kannst nicht einfach festlegen, dass du in Kevin verliebt bist und keine andere ihn haben darf. Das ist nicht fair. Du kannst einen Jungen nicht einfach für dich beanspruchen, Katie, und du bestimmst nicht über alle.«

»Nenn mich nicht Katie«, sagt Katie süffisant. »*Du* bist jetzt Katie. Und ich bin Melody.«

Ich werfe die Hände hoch und sage: »Du hast ja so recht. Dann noch viel Spaß in meinem Leben, Katie.«

»Oh, den werde ich haben«, erwidert sie, macht kehrt und stolziert aus dem Zimmer.

Ich höre sie die Treppe hinunterstapfen, die Tür zuknallen, und dann ist es vorbei – das Geschrei, das Gestreite und vielleicht auch unsere Freundschaft.

Katie

Nie wieder Außenseiterin sein

Ich bin zu bemüht. Ich weiß, dass ich zu bemüht bin. Ich bemühe mich zu sehr um Jungs, ich bemühe mich zu sehr in der Schule, und ich bemühe mich zu sehr im Leben. Ich rieche förmlich nach Verzweiflung, das war schon immer so, aber ich kann es auch nicht abstellen.

Melody hält mich für einen Sonderling und da ist sie nicht die Einzige. Ich will die Augen vor der Wahrheit gar nicht verschließen. Ich bin ein Riesenfreak. Nur waren wir früher beide Außenseiterinnen. Wir waren beide schlaksig, linkisch und total langweilig.

Ich weiß nicht genau, wann sich das geändert hat. Zuerst war es kaum spürbar. Die Leute fanden uns immer beide süß. Nun reden alle nur noch über Melody, wie schön sie ist, wie erwachsen sie geworden ist. Und ich? Mich bezeichnet keiner als schön. Ich weiß, dass Aussehen nicht alles ist. Aber es ist mit Sicherheit von Bedeutung. Und es ist ätzend, wenn man dabei zusehen muss, wie alle ständig von der besten Freundin schwärmen und einen selbst dabei komplett ignorieren.

Wir sind in diese Rollen irgendwie reingerutscht. Melody ist nun die Sanfte, Wundervolle und ich bin ihr neurotisches, witziges Anhängsel. So sehen uns alle. Aber so will ich nicht bis in alle Ewigkeit sein, nur die ulkige beste Freundin.

Darum ist es ja jetzt so schön. Nun bin ich von Kopf bis Fuß Melody. Ich sehe wie sie aus, ich habe ihren Körper, ihren Freund, ihren Kleiderschrank, und ich wohne in ihrem märchenhaften Haus. Ich muss mich nicht mehr um alles bemühen. Mein Leben ist jetzt perfekt, und das werde ich, im Gegensatz zur alten Melody, zu schätzen wissen. Nein, ich werde es nicht nur zu schätzen wissen – ich werde es genießen.

Und ich werde Melody beweisen, wie fantastisch das Leben sein kann. Ich werde eine bessere Melody sein, als sie es jemals gewesen ist. Und ich fange gleich damit an.

Anstatt zurück zu Melodys Haus zu laufen, begebe ich mich direkt zu Kevin und klopfe an die Vordertür.

Sein Vater macht auf und sagt: »Hallo, Melody. Schön, dich zu sehen!«

»Äh, Verzeihung, dass ich so spät noch vorbeikomme«, sage ich. »Ist Kevin da?«

»Natürlich. Warum kommst du nicht rein und ich hole ihn?«

»Danke.« Ich trete in den Flur und warte. Ich

hoffe, dass man meinen Augen nicht mehr ansieht, dass ich vorhin geweint habe. Falls doch, wird Kevin hoffentlich nicht danach fragen.

Eine Minute später kommt Kevin im Laufschritt die Treppe hinunter. »Hey, Melo«, begrüßt er mich. »Was gibt's?«

»Hey. Ich weiß, es ist schon spät, aber hast du Lust, ein bisschen zu chillen?«, frage ich.

»Klar«, antwortet er und schenkt mir sein umwerfendes Lächeln. »Wollen wir Marshmallows rösten?«

»Perfekt!«, erwidere ich.

Kurz darauf stehe ich in Kevins Garten an der Feuerstelle. Wir grillen Marshmallows. Ich habe gleich vier auf meinen Stock gespießt. Er hat die neueste Scheibe von Beyoncé aufgelegt und der Moment könnte nicht vollkommener sein.

»Ich liebe den Sommer«, sage ich zu Kevin und schmiege mich an ihn, während ich in die tänzelnden Flammen schaue.

»Ich auch«, sagt er und rückt ein wenig beiseite. »Hey, kann ich dich mal was fragen? Warum verhältst du dich in letzter Zeit so merkwürdig?«

»Was heißt, in letzter Zeit?«, will ich wissen.

»Na, vorhin am Strand«, erwidert er. »Und auch heute Abend. Und wie siehst du aus? Ist das Kleid neu?«

»Das gehört meiner Mom«, kläre ich ihn auf. »Ist es nicht klasse?«

»Trägst du auch ihr Make-up?«, bohrt er weiter.

»Ja – gefällt es dir?«

»Ich dachte, du schminkst dich nicht gern.«

»Früher nicht.« Ich zucke die Schultern. »Aber das hat sich wohl geändert.«

»Dein Haar fühlt sich auch komisch an«, fährt er fort.

»Ich habe Schaum und Gel reingemacht. Und dann noch ein bisschen Schaum. Und Haarspray, damit die Frisur nicht ruiniert wird, falls heute noch Wind aufkommt«, erkläre ich.

»Hey, pass doch auf!«, ruft Kevin.

Ich sitze vor Schreck kerzengerade und sehe, dass meine Marshmallows lichterloh brennen. Ich ziehe sie aus den Flammen und puste.

Sie sind nun kohlrabenschwarz, außen knochenhart und schmecken wahrscheinlich bitter. Aber ich beiße trotzdem in einen hinein. »Igitt! Wie eklig!«, rufe ich und werfe den Marshmallow auf den Boden.

Kevin schaut mich wie eine Fremde an.

»Was ist denn?«, frage ich.

»Nichts«, sagt er. »Vergiss es.«

Melody

Alles blau

Anya weiß, dass mein Abend nicht so besonders toll war. Kurz nachdem Katie gegangen ist, klopft sie an meine Tür und fragt, ob ich darüber reden will. Das will ich, aber kann es logischerweise nicht. Sie erlässt mir für heute das Klavierüben, was eine Riesenerleichterung ist, aber ich fühle mich trotzdem mies.

Ich hasse es zu streiten, das ist für mich das Schlimmste überhaupt. Aber vielleicht musste es ja so kommen. Katie geht mir in letzter Zeit oft auf die Nerven. Und den ganzen Sommer grüble ich schon darüber nach, ob wir überhaupt noch beste Freundinnen sind.

Vielleicht haben wir nicht mehr genügend Gemeinsamkeiten. Womöglich entwickeln wir uns einfach auseinander. Ist das so, wenn man erwachsen wird?

Katie war schon meine beste Freundin, noch bevor wir überhaupt sprechen konnten. Aber möglicherweise hat unsere Freundschaft ja ein Verfallsdatum. Vielleicht sind wir wie Bananen, die zu lange in der Sonne gelegen haben und verdorben sind.

Es ist wohl an der Zeit, neue Wege zu beschreiten.

Ich beschließe, früh zu Bett zu gehen, und vor dem Einschlafen erinnere ich mich plötzlich an eine Sache, als Katie und ich sieben waren.

Das war im *Color Me Lovely*. Der Laden hatte gerade eröffnet und wir wollten unbedingt dorthin. Katie und ich flehten unsere Eltern buchstäblich auf Knien an, hingehen zu dürfen. Sie sagten, wir müssten auf einen besonderen Anlass warten. Dann bekam meine Mom die Grippe, und mein Dad musste eines Sonntags auf Katie, mich und meinen Bruder Kyle aufpassen. Er fuhr mit uns ins Einkaufszentrum und schickte Kyle ins Kino.

Katie und ich gingen Dad wohl derart auf die Nerven, und er war so mit seinem Handy beschäftigt, dass er schließlich nachgab, der Frau in dem Laden eine Hundertdollar-Note in die Hand drückte und sagte: »Die Mädchen dürfen bemalen, was sie wollen. Ich bin in einer Stunde zurück.« Dann war er fort – sehr zu unserer Freude.

Katie und ich hielten uns an den Händen und kicherten, während wir die Auswahl begutachteten. Es gab einfach alles: Teller, Schüsseln, Tassen, Übertöpfe in Schildkrötenform, Spardosen in

Schweine-, Elefanten- und Goldfischform. Und Figuren: Mäuse, Affen, Hunde, Katzen und hunderte unbemalter Gesichter blickten uns an.

Ich lief eine Weile vor den Regalen auf und ab und konnte mich nicht entscheiden. Dann blieben meine Augen an dem perfekten Gegenstand hängen: einem riesigen, flachen Servierteller mit glatter Oberfläche.

Er war oval und das Größte, was es im Laden überhaupt gab. Das erschien mir genau richtig, denn dadurch konnte ich meiner Kreativität freien Lauf lassen. Unzählige Möglichkeiten schwirrten mir im Kopf herum, und ich konnte es gar nicht erwarten, die Farbsektion zu inspizieren und mir eine Palette zusammenzustellen. Aber natürlich wartete ich, denn damals machten Katie und ich noch alles gemeinsam.

Als ich den Servierteller aus dem Regal zog, war er so schwer, dass ich ihn beinahe fallen ließ. Die Frau, die in dem Laden arbeitete, fragte: »Bist du sicher, dass es dieser Teller sein soll?«

Ich nickte, weil ich vor lauter Aufregung nicht sprechen konnte.

Katie musterte immer noch die Auslagen, und ich wusste nicht, warum sie zögerte.

»Nimm einen Servierteller«, schlug ich vor. »Das ist schon okay, mein Dad hat bereits dafür bezahlt.«

»Nein, lass uns mit etwas Kleinem anfangen«, meinte Katie und deutete auf eine winzige Tasse in der Art, aus der meine Eltern Espresso trinken.

Ich runzelte die Stirn und wollte gerade nachgeben, weil ich immer mache, was Katie sagt, aber an jenem Tag war es anders. Irgendetwas brachte mich dazu, auf meiner Meinung zu beharren. Ich wollte keine winzige Tasse anmalen. »Das macht keinen Spaß«, sagte ich und reichte Katie meinen Teller, damit ich auf die Leiter steigen und einen zweiten holen konnte.

Katie sah nicht besonders glücklich aus, aber erhob auch keine weiteren Einwände.

Wir gingen zu den Farben, und die Frau reichte uns eine kleine Plastikpalette mit Platz für sechs Farben.

»Ich brauche eigentlich acht«, klagte ich.

»Dann nimm zwölf«, erwiderte die Frau und gab mir eine zweite Palette. »Eine Palette reicht nur für sechs Farben.« Sie trug eine farbverschmierte Schürze und wirkte müde.

Ich nahm mir Farben und fing mit Blau an. Katie stand direkt hinter mir und tat es mir nach. Ich war froh, zwei Paletten zu haben, denn es stellte sich heraus, dass zwölf Farben gar nicht so viele sind. Und es war tatsächlich schwer, sich beim letzten Palettenkästchen zwischen Himmelblau und schimmerndem Satinblau zu entscheiden.

Als ich zum Arbeitstisch zurücklief, trottete Katie hinter mir her.

Da fiel mir auf, dass sie genau die gleichen Farben wie ich gewählt hatte, selbst die Sondermischungen und die vier Grüntöne, was mich überraschte. Ich hatte mir nichts von dem Glitzerrot genommen, weil nur noch ein bisschen übrig war und ich es Katie überlassen wollte. Glitzerrot war damals ihre Lieblingsfarbe. Ist es immer noch. Aber Katie nahm sich nichts davon, sondern entschied sich für die gleichen zwölf Farben wie ich.

Ich machte sie nicht auf ihr Versehen aufmerksam und fragte mich, was mit ihr los sei.

Ich habe mich immer um Katies Befinden gesorgt. Sogar schon mit sieben. Damals fiel mir zum ersten Mal auf, dass sie mittlerweile andauernd zu mir nach Hause wollte, obwohl wir vorher meistens bei ihr gewesen waren. Zu meinem achten Geburtstag gab ich eine Pyjama-Party. Katie war natürlich dabei und Ella und Bea und ein paar andere Mädchen aus der Schule. Sobald wir unsere Schlafsäcke ausgerollt hatten, fing Katie damit an, dass mein Zimmer ja so viel größer sei als ihres und meine Klamotten so viel schöner. Das war peinlich, aber weil ich nicht wusste, was ich darauf erwidern sollte, sagte ich nichts dazu. Und das habe ich seitdem immer getan, obwohl sie immer öfter solche Kommentare vom Stapel gelassen hat.

Von da an habe ich oft meinen Mund gehalten und Katie ihren Willen gelassen.

Aber im *Color Me Lovely* war mir das alles egal. Ich war viel zu beschäftigt, über das Meisterwerk nachzudenken, das unter meinen Händen entstehen sollte. Ich wollte eine Vielfalt an Mustern, die dennoch übersichtlich wirkte, und ich wollte einzigartige Motive, aber davon eine Menge. Wie ein Blatt voller Computer-Icons, aber alle in Vollendung gezeichnet.

Neben unserem Platz fand ich einen Bleistiftstummel, mit dem ich begann, ein Design auf meinen Teller zu skizzieren. Noch bevor der Stift die Keramik berührte, fragte Katie schon: »Was machst du denn da? Wir sollen doch malen, nicht zeichnen.«

Wenn jemand anderes so mit mir geredet hätte, hätte ich mich herumkommandiert gefühlt. Aber es war ja Katie.

»Ich skizziere erst mein Design«, sagte ich, biss mir auf die Unterlippe, begutachtete das Herz, das ich gezeichnet hatte, und überlegte, ob die Seiten gleich lang waren. Dafür zu sorgen, dass die beiden Rundungen gleichmäßig dick und auf einer Höhe sind, ist immer der schwierigste Teil. Ich hätte einen Zirkel benutzen können – so hätte es mein

Bruder gemacht. Aber das erschien mir irgendwie falsch. Ich wollte lernen, wie man ohne Hilfsmittel zeichnet. Mir haben Freihandskizzen schon immer besser gefallen. Sie sind viel natürlicher.

»Wollen wir danach eine Brezel essen?«, fragte Katie. Sie hockte mir auf der Pelle und nervte. Ich rückte ein wenig von ihr ab.

»Was ist denn?«, wollte sie wissen.

»Nichts«, sagte ich und schämte mich, weil sie es gemerkt hatte.

Katie schaute aus dem Fenster. »Und dann würde ich gern die neuen Leggins bei *Gap* anprobieren. Deine silbernen sind so süß, die will ich auch haben. Oder vielleicht sollte ich sie mir in Gold kaufen, dann gehen wir im silber-goldenen Partnerlook. Oder wir fragen Ella und Bea, ob sie sich die goldenen kaufen, und dann sind sie die goldenen Zwillinge und wir die silbernen, und zusammen sind wir die Glitzer-Clique. Bist du bald fertig?«

»Wir sind doch gerade erst gekommen«, rief ich ihr ins Gedächtnis. »Und wir wollen schon seit einer Ewigkeit hier malen.«

Katie verdrehte die Augen. »Nicht seit einer Ewigkeit, Melo. Erst seit wir letzten Monat das Schild gesehen haben.«

»Das hängt schon seit ein paar Monaten«, korrigierte ich sie, widmete mich wieder meinem Entwurf, radierte eine der kleinen Wolken weg, die ich gezeichnet hatte, und skizzierte einen Zentimeter links daneben eine neue. Viel besser.

»Können wir jetzt gehen?«, drängte Katie.

Ich zuckte zusammen und erhob den Bleistift, um ihr zu sagen, dass sie endlich Ruhe geben solle, aber dann lenkte ich ein. »Lass uns noch ein bisschen bleiben«, bat ich. »Okay?«

»Okaaaay«, willigte Katie ein, als ob es ihr sehr lästig sei.

Sie schnappte sich einen Pinsel und fing sofort an zu malen, und ich war beeindruckt, dass sie nicht vorher ihre Idee mit einem ausradierbaren Bleistift aufzeichnen wollte. Sie ist so viel mutiger als ich. Dann nahm mich meine Arbeit gefangen. Ich zeichnete unzählige kleine Bilder: Regenbögen, Herzen, Sterne, Smileys, einen Baum, an dessen hohem Ast eine Schaukel hing, einen Fußball, Gänseblümchen und Tulpen, pinkfarbene Knöchelturnschuhe mit Regenbogen-Schnürsenkeln und kleine Marshmallows, die auf Bechern mit dampfendem Kakao herumschwammen – also alles, was ich mochte. Ich wollte einen Teller malen, von dem meine Familie sagen konnte: »Das ist ganz unsere Melo.«

Ich hatte gerade die Hälfte geschafft und malte meinen zweiten Hund, diesmal einen Dalmatiner, als ich aus den Augenwinkeln eine Bewegung wahrnahm. Katie stand auf und streckte sich.

Ich schielte auf ihren Teller, den sie nur in einem einzigen Blauton angestrichen hatte. »Und was hast du jetzt weiter damit vor?«, erkundigte ich mich vorsichtig.

Katie schaute mich an, als ob ich begriffsstutzig und irgendwie gestört wäre. »Was meinst du damit, Melo? Er ist fertig.«

Ich legte verblüfft den Pinsel beiseite. »Aber es bringt doch nichts, alles in einer Farbe anzumalen, Katie. Du hast gar nicht verstanden, worum es geht.«

»Der Laden heißt *Mal mich hübsch an*, und das finde ich hübsch«, meinte Katie.

Ich musterte ihren Teller. Das Blau war zweifelsohne schön, aber der Teller war langweilig und einfallslos. Er sah aus wie etwas, das man in einem x-beliebigen Laden kaufen konnte, und nicht wie das Werk einer Siebenjährigen, deren Fantasie keine Grenzen gesetzt waren. »Schon, aber ist das nicht ein bisschen ...?«

»Ein bisschen was?«

»Ach nichts«, wich ich aus.

Katie sah mir über die Schulter. »Na ja, deiner sieht wie ein durchgeknallter Cartoon aus!«

»Danke«, antwortete ich, obwohl ich mir im Klaren darüber war, dass sie mir damit nicht gerade ein Kompliment machen wollte. Aber *durchgeknallter Cartoon* klang cool in meinen Ohren.

Das war die erste Situation, in der ich feststellte, dass wir grundverschieden sind. Vielleicht hätte ich damals schon etwas dagegen unternehmen sollen, aber stattdessen sind wir auch die nächsten sechs Jahre beste Freundinnen geblieben.

Seltsam. Im Moment fällt mir nicht einmal mehr ein, warum.

Katie

Das Kevin-Problem

Seit unserem großen Streit vor ein paar Tagen haben Melody und ich kein Wort mehr miteinander gewechselt. Und ich fühle mich schlecht deswegen und bin auch durcheinander, denn ich sollte mich ja vielleicht entschuldigen, aber ich weiß nicht so genau, wofür eigentlich.

Ich bin alles immer wieder durchgegangen, um es zu verstehen, und ich habe sogar alles in chronologischer Reihenfolge aufgeschrieben, als würde ich mich auf eine Klausur vorbereiten.

Erster Ferientag: Melody und ich sitzen am Strand, als ein supersüßer Junge vorbeikommt. »Der ist echt heiß«, sage ich.

»Findest du?«, fragt Melody.

»Finde ich nicht nur, sondern weiß ich, und nicht nur das – ich habe mich unsterblich verliebt.«

Melody lacht. »Du kennst ihn doch gar nicht.«

»Das macht nichts. Wenn der Sommer vorbei ist, werde ich ihn kennen. Ich beanspruche ihn hiermit für mich.«

Das wäre der perfekte Zeitpunkt für Melody gewesen, etwas in der Art wie: »Oh, genau genommen ist der Typ mein Nachbar, und ich bin schon mit ihm zusammen«, zu sagen. Aber Melody hat nicht ein Sterbenswörtchen darüber verloren. Warum hat sie bloß geschwiegen?

Vierter Juli: Es ist kurz vor Sonnenuntergang. Melody und ich kampieren im McClaren Park und warten auf das Feuerwerk. Wir haben unser Picknick beendet und kicken einen Footbag hin und her. Da sehe ich Mister Geheimnisvoll wieder. Er saust auf seinem Skateboard an uns vorüber, bevor mir noch einfällt, wie ich ihn ansprechen könnte. Da ich mir diese Gelegenheit nicht wieder durch die Lappen gehen lassen will, schnappe ich mir den Footbag und werfe ihn nach dem Jungen. Ich treffe ihn am Hinterkopf, und er bleibt stehen, springt von seinem Brett, wendet sich überrascht und vielleicht auch ein bisschen verärgert um.

»Entschuldigung«, sage ich und laufe zu ihm. »Da habe ich mich wohl mit meiner Kraft verschätzt.«

Er schaut erst mich, dann Melody und dann den Footbag an, den ich vom Boden aufgelesen habe. »Ach, das macht doch nichts«, sagt er.

»Hey, bist du aus der Gegend?«, will ich wissen.

Er lächelt und erzählt mir, dass er neu hier und erst im Juni nach Braymar gezogen sei.

Das war der Anfang – zumindest habe ich das

gedacht! Ich stelle Melody und mich vor, und dann machen wir drei es uns auf meiner rot-weiß karierten Picknickdecke gemütlich und beobachten das Feuerwerk.

Sechster Juli: Ich frage Kevin, ob er Lust hat, uns am Strand Gesellschaft zu leisten, und er taucht schon am nächsten Tag auf.

Siebter Juli bis zu jenem schrecklichen Abend im August: Melo und ich fahren fast jeden Tag an den Strand und treffen uns dort oft mit Kevin. Manchmal sitzt er neben uns im Bus, manchmal sitzt er bei seinen Surferkumpels. Die meiste Zeit verbringt er auf dem Wasser, aber gelegentlich kommt er an Land und spielt Frisbee mit uns. Einmal teilen wir uns Pommes frites mit Käse, und zweimal hilft er meinen Stiefbrüdern dabei, einen Tunnel zu bauen. Während der ganzen Zeit erwähnt Melody kein einziges Mal, dass sie Kevin mag. Die beiden tun so, als würden sie sich kaum kennen.

Fünfzehnter August: Ich bitte Melody, mir zu helfen, auf die Zwillinge aufzupassen. Melody sagt, ihre Mom würde es ihr nicht erlauben. Später an jenem Abend entschließen sich Mom und Jeff, zu Hause zu bleiben. Ich rufe Melody an, aber sie geht nicht ans Telefon. Ich beschließe, sie zu überraschen, doch als ich zu ihr gehe, bin ich es, die überrascht ist. Denn dort beobachte ich, wie Melody und Kevin sich im Whirlpool küssen.

Und das war der Anfang vom Ende unserer Freundschaft, denn Kevin hätte doch mir gehören sollen.

Okay, vielleicht ist es Blödsinn, Anspruch auf einen Jungen zu erheben. Und es ist gut möglich, dass Melody mir von Kevin erzählen wollte, aber ich sie nicht gelassen habe. Ich habe eine starke Persönlichkeit. Dessen bin ich mir bewusst. Andere haben mir auch schon vorgeworfen, immer meinen Kopf durchsetzen zu wollen, aber Melody noch nie.

Aber ich sollte mich wohl nicht mit der Vergangenheit aufhalten. Wo doch jetzt alles besser ist. Kevin gehört mir und wir sind fast jeden Tag an den Strand gefahren, nur wir beide.

Es ist Viertel vor neun am Morgen und er klopft an die Tür. Ich habe wieder Debbies Schrank geplündert, und ich weiß, dass ich umwerfend aussehe. Dennoch werfe ich kurz einen prüfenden Blick in den Spiegel, bevor ich die Tür aufmache. Goldener Bikini mit blütenweißem Strandkleid – check! Passendes Sonnencap – check! Passende Sandalen – check! Neue gold-blau-gestreifte Tasche – check!

Nachdem ich die Tür geöffnet habe, erblicke ich Kevin mit einem riesigen Schokoladen-Donut.

»Für dich, Melo«, sagt er und reicht ihn mir.

»Danke.« Ich lächle, beiße ab, kaue und schlucke. »Lecker.«

»Warte, du hast einen Krümel auf der Lippe«, meint er.

»Ja?«, frage ich erschrocken.

»Ja, ich wisch ihn dir ab«, beruhigt er mich, beugt sich vor und küsst mich.

»Wow«, entfährt es mir.

Kevin lacht.

»Ich meine, äh, cool. Ist er weg?« Ich wische mir vorsichtshalber über den Mund.

»Ist was weg?«, will er wissen.

»Der Krümel«, antworte ich.

»Ach, das war doch nur ein Scherz«, klärt er mich auf.

»Ja, klar«, sage ich und werde vor Verlegenheit rot. »Das weiß ich doch. Ich habe auch bloß Spaß gemacht.«

Oh Mann, ich bin so ein Trottel. Aber weil ich ja jetzt Melody bin, wirkt mein ungeschicktes Benehmen süß, und Kevin findet es nicht schlimm. Er legt den Arm um mich und wir laufen zur Bushaltestelle.

Wir biegen um die Ecke und sind fast da, als ich etwas erspähe, worauf ich überhaupt keine Lust habe: einen roten Haarschopf. Zwei, um genau zu sein. Sie gehören Ryan und Reese. Und Melody ist auch dabei. Ich meine, Melody in meinem Körper – Katie. Sie spielen mit einem Luftballon, versuchen, ihn in der Luft zu halten, lachen, kichern und haben einen Mordsspaß.

Ich will Melody jetzt nicht sehen. Auf gar keinen Fall! Ich denke schnell nach und lasse mich dann hinfallen. »Au!«, rufe ich.

»Was ist?«, fragt Kevin.

»Äh, ich habe mir den Knöchel verstaucht. Ich muss zurück nach Hause.«

»Lass mich mal sehen«, fordert er mich auf. »Ich bin Rettungshelfer, schon vergessen?« Er nimmt den Rucksack ab, öffnet ihn und beginnt, darin herumzuwühlen. »Hier muss irgendwo eine Stützbinde sein.«

Oh, oh.

»Ach, das ist nicht nötig«, versichere ich und stehe wieder auf. »Mir geht es gut. Ich fühle mich schon besser. Das war falscher Alarm.«

Kevin blickt von mir zur Bushaltestelle und wieder zurück. »Was ist hier los?«, fragt er.

»Nichts«, sage ich. »Oder doch. Mir ist wohl heute nicht so nach Strand. Lass uns was anderes machen.«

»Und worauf hast du Lust?«

»Ähm, vielleicht hängen wir einfach bei mir am Pool ab.«

»Aber ich will mich mit Sanjay treffen. Wir wollen surfen gehen.«

»Du warst doch gestern schon surfen und kannst morgen wieder gehen«, erwidere ich. »Bitte! Komm schon!«

»Na gut.« Kevin zuckt die Schultern und folgt mir zurück nach Hause. Ich schalte das Radio an, wähle meinen Lieblingssender, hole uns Limonade und werfe zwei Luftmatratzen in den Pool. Schon bald dümpeln wir darauf herum.

»Ist das nicht viel schöner als am Strand?«, frage ich.

»Weiß nicht«, antwortet Kevin. Er trägt eine dunkle Sonnenbrille, sodass ich seine Augen nicht sehen kann, aber er scheint finster zu blicken.

»Was ist?«, will ich wissen.

»Äh, hast du dir wirklich den Knöchel verletzt?«, erkundigt er sich.

Ich lache nervös. »Natürlich. Na ja, der Schmerz hat nur kurz angehalten und jetzt fühle ich mich schon viel besser. Warum sollte ich dich anlügen?«

»Vielleicht, weil du Katie aus dem Weg gehst«, sagt er.

Weil ich nicht weiß, was ich darauf erwidern soll, lasse ich mich von der Matratze gleiten und tauche unter. Dann schwimme ich ein paar Bahnen.

Als ich aus dem Wasser komme, sitzt Kevin am Poolrand und lässt die Beine ins Becken baumeln. »Du solltest reinen Tisch machen«, meint er. »Sag ihr die Wahrheit. Es ist blöd, so zu tun, als wären wir nicht zusammen. Sie wird schließlich dahinterkommen und dann haben wir den Salat.«

»Hah!« Ich muss lachen, denn Kevin hat ja keine Ahnung, wie verfahren die ganze Situation bereits ist.

»Das ist nicht lustig«, sagt Kevin. »Sie ist deine beste Freundin. Ich weiß, du willst ihre Gefühle nicht verletzen und so, aber das bringt doch nichts.«

Ich weiß nicht, was ich sagen soll. Kevin ist feinfühlig und hat eine überraschend scharfe Beobachtungsgabe.

Das ist total lästig!

Melody

Noch ein Tag am Strand

Katie geht mir aus dem Weg. Ich weiß es. Ich habe sie und Kevin heute Morgen an der Bushaltestelle gesehen. Die beiden haben die Flucht ergriffen, sobald sie uns erblickt hatten. Zum Glück konnte ich Ryan und Reese ablenken, bevor sie Katie bemerkt haben. Sie wären untröstlich, wenn sie glauben würden, Melody wolle nichts mit ihnen zu tun haben. Und diese Enttäuschung würde ich ihnen gern ersparen.

Natürlich bin ich ein bisschen sauer, weil meine beste Freundin und mein Freund nicht mit mir reden, aber ich weiß, dass die Lage ziemlich vertrackt ist. Ich muss mich auf das Positive konzentrieren. Die Sonne scheint und der Himmel könnte nicht blauer sein. Ryan und Reese schauen zum Anbeißen aus in ihren zueinander passenden Badesachen mit Hawaii-Muster. Reese trägt Blau, Ryan Rot. Ich habe so viel Spaß mit Katies Brüdern. Als hätte ich lebensgroße Puppen zum Spielen, die zudem supersüß und liebenswert sind.

Sie können es kaum erwarten, an den Strand

zu kommen. Als der Neun-Uhr-Bus kommt, hüpfen die beiden förmlich die Stufen hoch. Wir sind die Ersten im Bus, und die beiden sind sich zum Glück sofort einig, dass wir ganz vorn sitzen sollten. Doch dann streiten sie sich darüber, wer ans Fenster darf.

»Das ist ungerecht. Du durftest letzte Nacht schon oben im Doppelstockbett schlafen, also kriege ich den besten Platz im Bus«, fordert Ryan.

»Aber du darfst heute Nacht oben schlafen«, argumentiert Reese. »Also sitze ich am Fenster.«

»Jungs, warum wechselt ihr euch nicht einfach ab?«, schlage ich vor. »Nach der halben Strecke könnt ihr den Platz tauschen.«

»Und woher wissen wir, wann es so weit ist?«, fragt Ryan.

»Der Wunschtunnel liegt auf halbem Weg zum Strand«, kläre ich ihn auf.

»Der was?«, erkundigt sich Reese.

»Ich meine, der Tunnel. Ihr könnt tauschen, wenn wir am Tunnel sind, dann kommt keiner zu kurz.« Ich möchte nicht, dass sie etwas von den Zauberkräften des Tunnels erfahren. Dafür sind sie noch zu jung. Wer weiß, was sie sich wünschen würden: einen lebenslangen Vorrat an Eiscreme mit Keksgeschmack, die Erlaubnis, rund um die Uhr fernsehen zu dürfen, oder echte Rennautos? Das ist zu riskant.

»Na gut«, mault Reese. »Aber ich sitze zuerst am Fenster.«

Damit bin ich einverstanden, weil er ohnehin schon dort Platz genommen hat, und erstaunlicherweise hat auch Ryan keine Einwände.

Wir sind im Bus, fahren an den Strand, die Jungen tauschen, als wir am Tunnel sind, und alles ist gut.

Als wir ankommen, sammeln wir unsere Sachen zusammen und klettern aus dem Bus. Wir suchen uns ein Plätzchen in der Nähe der Rettungswache, denn das ist sicher eine gute Idee.

»Der Letzte ist ein Weichei«, ruft Reese und flitzt zum Wasser.

»Das ist ungerecht!«, schreit Ryan und rennt ihm hinterher.

Ich schlüpfe rasch aus meinen Shorts, ziehe das T-Shirt aus und folge den Jungen.

Kurz darauf planschen wir knöcheltief in der Gischt. Der Sand ist kalt und matschig, das Wasser ist sogar noch kälter. Ich finde das herrlich. Wir rennen hinein, und wenn eine Welle angebraust kommt, laufen wir kreischend weg.

Später treffen wir Amira und Jessie, zwei Freundinnen aus der Schule. Sie sammeln mit uns Seetang, damit wir unsere Sandburg verzieren können.

Sie hat fünf Türme, einen riesigen Graben und eine Zugbrücke aus Kieselsteinen.

Als ich mit einem Eimer Wasser vom Meer zurückkomme, fragt Amira: »Wo ist Melody?«

Das ist keine abwegige Frage, weil wir beiden meistens zusammenhocken. Trotzdem trifft sie mich unvorbereitet. Ich habe so viel Spaß, dass ich unseren Streit vergessen habe, und auch, dass Katie mich am Morgen an der Bushaltestelle geschnitten hat. Dass sie umgekehrt und wieder heimgegangen ist, anstatt mit mir zu reden.

»Weiß ich nicht, und ist mir auch egal«, sage ich.

Amira und Jessie wirken völlig überrascht.

Jessie fragt: »Habt ihr euch gestritten oder so?«

»Oder so«, erwidere ich. »Es ist kompliziert und ich möchte lieber nicht darüber reden.«

Katie

Sport- und Shoppingmarathon

Am Samstagmorgen wache ich auf, weil unten jemand Melodys Namen ruft. Ich bin verwirrt, bis mir klar wird, dass ich gemeint bin.

»Melody? Melody, antworte mir!« Debbie schreit so laut, dass ich fast schon ein bisschen Angst habe, mich bemerkbar zu machen. Aber natürlich auch davor, es nicht zu tun ...

Ich springe aus dem Bett und laufe zum Treppengeländer.

»Ja, Mom?«, frage ich und luge nach unten.

»Lehn dich nicht so ans Geländer«, weist sie mich zurecht. »Dann wird es wieder locker, und ich habe gerade Manny dafür bezahlt, dass er die Schrauben nachzieht.«

»Sorry.« Ich nehme die Hände hoch und weiche zurück.

Debbie kommt die Treppen hoch. Sie trägt Trainingskleidung, ihr Gesicht ist rot und verschwitzt, und sie trinkt Wasser aus einer großen *Evian*-Flasche.

Wenn ich eine Plastikflasche sehe, denke ich sofort an die Zahl dreißig Milliarden, denn so viele

Plastikflaschen landen jedes Jahr auf dem Müll. Erst nach tausend Jahren haben sich all diese Flaschen abgebaut.

Und das ist noch nicht einmal das Beängstigendste an Plastikflaschen. Sie enthalten obendrein Unmengen an krassen Chemikalien, die oft auf das Wasser übergehen, das sich darin befindet. Und das bedeutet, dass die Chemikalien schließlich auch in unserem Körper landen, was auf keinen Fall gesund sein kann.

Viel sicherer ist es – wie Jeff und meine Mom mir seit Jahren predigen – aus einem Glas oder einer Edelstahlflasche zu trinken, die man reinigen und mit gefiltertem Wasser nachfüllen kann.

Ich bin erstaunt, dass Debbie so was nicht weiß, wo sie doch sonst so auf gesunde Ernährung und Sport schwört. Es gibt nichts Ungesünderes, als sich einen Haufen Chemikalien einzuverleiben. Doch ich verliere kein Wort darüber, weil das nicht Melodys Art wäre.

Meine beste Freundin gehört nicht zu der Sorte, die offen ihren Standpunkt vertritt. Stattdessen nimmt sie sich zurück und lässt den Dingen ihren Lauf.

Und so warte ich geduldig, was Debbie mir zu sagen hat.

»Deine Schenkel bleiben nicht straff, wenn du nichts dafür tust«, ermahnt sie mich.

Weil ich nicht weiß, was ich darauf erwidern soll, halte ich meinen Mund. Ich frage mich aber schon, warum sich Debbie so einen Kopf um Melodys Körper macht. Der ist doch einfach nur perfekt.

»Los, wir machen ein paar Ausfallschritte am Pool«, kommandiert Debbie.

»Ich bin noch nicht mal richtig wach«, sage ich und reibe mir die Augen. Das entspricht zum einen der Wahrheit und ist zum anderen hoffentlich eine plausible Ausrede.

»Wenn du jetzt mit mir trainierst, gehen wir nachher einkaufen«, sagt Debbie lächelnd.

Plötzlich bin ich hellwach. Meine Mom geht kaum einmal mit mir einkaufen, und wenn doch, gehen wir nur in den *Old Navy* oder in den *Target* oder in andere Läden mit Super-Sonderangeboten.

Irgendetwas sagt mir, dass »Sonderangebot« nicht zu Debbies Wortschatz gehört. Das hat sie nicht nötig.

Ein ausgedehnter Einkaufsbummel am Samstagnachmittag ist Musik in meinen Ohren. Ich strecke die Arme über den Kopf und grinse. »Okay, ich bin dabei! Ich muss mich nur kurz umziehen.«

»In fünf Minuten unten«, sagt Debbie und zeigt auf ihre große goldene Uhr. »Ich stoppe die Zeit.«

Als sie weg ist, gehe ich ins Bad und spritze mir kaltes Wasser ins Gesicht. Dann schlüpfe ich aus dem Schlafanzug, ziehe mir schwarze Elastan-Caprihosen und ein marineblaues Trägerhemd an und binde mir die Locken zu einem straffen, hohen Pferdeschwanz.

Als ich nach unten komme, macht Melodys Mom Rumpfbeuge. Und das in einem ziemlichen Tempo, obwohl sie bereits außer Atem ist.

Ich stehe da und warte, dass sie fertig wird.

»Na los, du Faulpelz. Mach mit!«, schnauzt sie.

»Die Rede war von Ausfallschritten«, rufe ich ihr ins Gedächtnis. »Nicht von Rumpfbeuge.«

»Mit Ausfallschritten meine ich Sport allgemein. Los, Süße. Gab's bei dir nicht Nachos am Montag? Und du hast doch auch schon wieder Marshmallows geröstet. Dein Haar riecht nach Rauch.«

Ich greife mir rasch eine Haarsträhne und schnuppere daran. Sie hat recht. Mein Haar riecht nach dem Lagerfeuer, das Kevin und ich gestern angezündet haben. Wir haben diese Woche fast jeden Abend Marshmallows gegrillt. Und die Tage am Strand verbracht, was ganz unglaublich war.

Trotzdem ist es komisch. Die Nachos von Montag hatte ich ganz vergessen. Ich möchte zu gern wissen, warum Debbie das schert. Was ist denn so schlimm daran? Ich habe etwas zu Mittag gegessen. Jeder isst etwas zu Mittag. Bevor ich mich verteidige, überlege ich, was die wirkliche Melody wohl in so einer Situation sagen würde. Und die Antwort ist – nichts.

Wir machen Rumpfbeuge und Ausfallschritte am Pool. Wir stützen die Hände in die Hüften und hüpfen synchron auf und ab.

»Wir sind Soldaten im Krieg gegen die Pfunde«, sagt Debbie.

Ich lache, weil ich das echt witzig finde. Wenn ich an Krieg denke, fallen mir sicher keine Bilder von Swimmingpools im Garten ein, die von weißen und lavendelblauen Blumen umgeben sind.

Aber Debbie meint das todernst.

Wir springen, bis ich völlig außer Puste bin. »Wie lange noch?«, keuche ich.

Debbie schaut auf die Uhr. Mir war gar nicht aufgefallen, dass sie die Zeit nimmt. »Noch eine Minute und dann stemmen wir noch ein paar Hanteln.«

»Das war aber nicht Teil der Abmachung«, maule ich und vergesse für einen Moment, mich wie die echte Melody zu benehmen. Es wird langsam anstrengend und hier draußen ist es brütend heiß.

»Verdirb mir nicht die Laune, Melo. Tu wenigstens so, als ob es dir Spaß macht.«

Der Swimmingpool ist schon toll, aber nach einer Weile hat man ihn auch über.

»Hey, warum fahren wir nicht an den Strand?«, schlage ich vor.

Debbie zieht die Nase kraus. »Zu viel Sand. Außerdem warst du doch schon jeden Tag mit Katie dort. Dafür habe ich dir ja eine Monatskarte für den Bus gekauft.«

Ich schlucke schuldbewusst.

»Wir könnten dorthin wandern«, schlage ich vor.

Mir fällt ein, dass heute Samstag ist, und da geht meine echte Familie immer wandern. Okay, es ist echt nervig, früh aufstehen zu müssen, aber auf einen Berg zu steigen, macht schon Spaß und bringt wahrscheinlich auch mehr, als ewig um einen Swimmingpool herumzuturnen.

»Zu viel Staub«, erwidert Debbie.

Mir gehen die Ideen aus. Ich frage mich, ob Melody das oft macht. Mit ihrer Mom trainieren, meine ich. Falls das so ist, hat sie mir nie davon erzählt.

Zwanzig Minuten später, nach noch mehr Sprüngen und Hanteln, schnaufe ich, bin völlig erledigt und will einfach nur noch am Pool liegen.

»Lass uns reingehen«, fordert Debbie mich auf und deutet auf das Wasser.

»Gute Idee!«, stimme ich zu. »Ich könnte mich jetzt mindestens eine Stunde treiben lassen.«

»Machst du Witze, du faule Socke? Wir schwimmen Bahnen!«

»Nein«, stöhne ich. »Ich glaube, mir fallen gleich die Arme ab.«

»Du wirst es überleben«, sagt Debbie. »Und du willst doch dann mit mir einkaufen gehen, oder?«

Da hat sie mich erwischt. Wir gehen ins Haus, ziehen Badesachen an, und als wir zurückkommen, schwimmen wir zehn Bahnen Freistil, zehn Bahnen Brust, drei Bahnen Schmetterling, und als ich mich kaum noch rühren kann, sage ich ihr, dass ich fertig bin.

»Gut. Wir haben unser Mittagessen schon abtrainiert und das Soll übererfüllt.«

»Können wir dann jetzt shoppen gehen?«, erkundige ich mich.

Debbie schmunzelt, während sie sich den Zopf richtet. »Klar. Wir treffen uns in zwanzig Minuten am Auto.«

Sie springt aus dem Pool, nimmt sich ein Handtuch und läuft ins Haus.

Kurz darauf sitzen wir in Debbies Wagen und brausen ins Einkaufszentrum. Dort läuft *Muzak* auf unsichtbaren Lautsprechern, echte Pflanzen sehen wie künstliche aus, und alles ist hell und glänzend.

Zuerst gehen wir in eine Boutique, in der alle Verkäufer Debbie und Melody mit Namen kennen. Debbie findet sofort ein verführerisches silbernes Cocktailkleid für sich. »Das ist perfekt für den vierten Juli«, sagt sie und bewundert das Kleid auf dem Bügel.

»Wohin gehen wir?«, frage ich.

»*Wir* gehen nirgendwohin. Dein Vater und ich fahren nach San Francisco«, sagt sie. »Zumindest hat er das versprochen. Aber vermutlich wird ihm in allerletzter Minute eine Ausrede einfallen und er macht einen Rückzieher. Du kennst ja deinen Vater ...«

Eigentlich nicht, daher sage ich lieber wieder nichts.

Debbie merkt es gar nicht. Sie probiert noch drei weitere Kleider an, die ebenfalls perfekt für den Anlass wären, und weil sie sich nicht entscheiden kann, kauft sie einfach alle vier.

Als Nächstes machen wir in der Jugendabteilung von *Nordstrom* Halt. Ich probiere ein Paar Röhrenjeans und ein seidiges weißes Trägerhemd an. Katie würde das absolut nicht stehen, da bin ich mir sicher. Aber an Melody sieht es fantastisch aus. Ich sehe wie sechzehn und umwerfend aus und kann den Blick gar nicht vom Spiegel wenden. Ich bin beeindruckt, um es gelinde auszudrücken. Und Debbie auch.

»Ich war auch einmal so jung und schlank wie du«, sagt sie seufzend. Sie lässt immer wieder solche komischen Bemerkungen fallen, aber wen kümmert das. Wir kaufen die Jeans, das Top und zwei Kleider. Eins ist rot, das andere schwarz mit gold glänzenden Streifen an der Seite. Beide sind kurz und ziemlich eng. Nicht gerade Melodys Stil, aber sie sehen so toll aus, dass ich nicht an ihnen vorbeikomme.

Als Nächstes wähle ich ein Kleid mit Zebrastreifen, halte es mir an den Körper und bewundere mich im Spiegel. »Tiermuster?«, fragt Debbie mit hochgezogenen Augenbrauen.

»Ist es zu teuer?«, erkundige ich mich, linse auf das Preisschild und versuche, angesichts der darauf gedruckten Zahl nicht zu entsetzt zu schauen. Ich habe noch nie auch nur annähernd so viel für ein Kleidungsstück ausgegeben, und ich glaube, meine Mom auch nicht.

»Nein, ich bin nur überrascht. Aber probier es ruhig an. Es steht dir bestimmt richtig gut.«

Ich ziehe das Kleid an. Es sieht wirklich toll aus und liegt an den richtigen Stellen eng an. Wir kaufen das Kleid, passende Sandalen mit Keilabsatz, ein neues Haarband und silberne Kreolen dazu.

Dann kaufen wir uns jeder noch drei Paar Designerjeans von der Art, die meine Mom immer als Geldverschwendung bezeichnet.

Als sich die neuen Sachen auf dem Tresen an der Kasse türmen, überragen sie mich, Debbie und die Verkäuferin.

Ich frage mich, ob Debbie mich auffordern wird, auf die Hälfte oder ein paar teure Stücke zu verzichten, aber sie nimmt überhaupt keine Notiz von dem Ganzen. Sie hängt am Telefon und arrangiert einen Friseurtermin.

Als die Verkäuferin alles zusammengerechnet

hat und uns die Summe nennt, wirft ihr Debbie die Kreditkarte hin, ohne mit der Wimper zu zucken. Ich weiß gar nicht, ob sie den Endpreis gehört hat, aber es scheint sie nicht weiter zu kümmern.

Es nervt sie nur, dass wir fünf Minuten warten müssen, bis die Verkäuferin alles zusammengelegt, in Papier eingewickelt und in Tüten verstaut hat.

Debbie hat ihr Telefonat beendet und verdreht ungeduldig die Augen.

Als die Tüten gepackt sind - drei an der Zahl und randvoll -, greife ich sie mir, und wir gehen in die Schuhabteilung. Dort läuft es genauso: Alles, was ich will, bekomme ich auch. Neue pinkfarbene Ugg Boots, Flip-Flops mit glitzerndem Strass, schwarze Riemchensandalen aus Leder und die gleichen noch einmal in Braun, weil ich mich nicht für eine Farbe entscheiden konnte. »Nimm beide«, meint Debbie gelangweilt.

»Bereit für ein Mittagessen?«, fragt sie, während der Typ im Schuhladen ihre Karte durch das Lesegerät zieht.

Ich nicke. »Klar.«

Anstatt zu einem Schnellimbiss zu gehen, setzen wir uns an einen Tisch in einem schicken Café am anderen Ende des Einkaufszentrums.

Debbie nimmt einen Salat mit fettarmem italienischen Dressing. Als ich mein Lieblingsessen - Auberginenpizza mit Extrakäse - ordern will, legt Debbie ihre Hand auf meinen Arm und sagt: »Schatz, brauchst du wirklich Extrakäse? Weißt du, wie viel Käse eine normale Pizza schon hat?«

Ich rücke von ihr ab. »Ja, nicht genug«, erwidere ich. »Deshalb habe ich ja Extrakäse bestellt.«

»Nun gut, ich hoffe nur, diese süßen neuen Sachen passen dir noch nach dem Essen«, scherzt sie. Zumindest glaube ich, dass sie scherzt. Sie lässt mich gewähren, aber sie sieht nicht sehr erfreut aus.

Kurz darauf piept ihr Handy, weil sie eine Nachricht bekommen hat. Sie liest sie und stößt dann einen Fluch aus, der nicht jugendfrei ist.

»Was ist?«, frage ich.

»Dein Vater hat mir versprochen, heute Abend zurück zu sein, aber jetzt steckt er in San Francisco fest, weil es wieder irgendwelche Probleme bei der Arbeit gibt. Wir wollten heute Abend mit den Demseys bei *Raul's* essen, und du weißt ja, dass es fast unmöglich ist, dort einen Tisch zu reservieren. Ich warte seit Monaten darauf. Aber interessiert das deinen Vater? Nein!«

»Du kannst doch auch ohne ihn gehen«, schlage ich vor.

Debbie lächelt traurig in sich hinein. »Das wäre nicht dasselbe.«

Melody hat mir erzählt, dass sich ihre Mom mit Botox behandeln lässt und ihr Gesicht daher keine

Regung mehr zeigt, aber das stimmt nicht. Obwohl sich Debbies Stirn nicht wie die eines normalen Menschen in Falten zieht, sieht sie trotzdem traurig aus.

»Wollen wir einen Film anschauen? Wir könnten Anya und Katie zu uns einladen«, sage ich, bevor ich mir auf die Zunge beißen kann. Mom und Debbie treffen sich nicht mehr und haben vermutlich seit Jahren kein Wort mehr miteinander gewechselt. Daher ist es ein absurder Vorschlag. Ich weiß nicht, wahrscheinlich vermisse ich meine echte Mom. Obwohl ich noch gar nicht so lange Melody bin.

»Ich glaube nicht, dass Anya daran interessiert ist, sich mit mir zu treffen. Nichts für ungut, Süße. Sie hat Besseres zu tun.«

Als die Rechnung kommt, wirft Debbie nicht einmal einen Blick darauf. Sie zieht nur ihre *AmEx* aus dem Portemonnaie und legt sie auf das kleine Mäppchen mit der Rechnung.

»Fertig?«, fragt sie und greift sich ihre Einkaufstüten.

Ich nehme meine auch. Als wir zum Auto kommen, öffnet Debbie den Kofferraum.

Wir werfen die Tüten hinein.

Ich hätte nie geglaubt, dass man vom Einkaufen überhaupt genug bekommen kann, aber ich bin völlig groggy.

Als ich zur Beifahrerseite laufe und die Tür aufmache, erkundigt sich Debbie: »Wohin willst du? Schmeißt du heute schon nach der ersten Runde die Flinte ins Korn?«

Ich lache, weil ich glaube, dass sie einen Witz macht. Es fühlt sich so an, als hätten wir bereits das halbe Einkaufszentrum leer gekauft. Aber da habe ich mich geirrt. Debbie meint das todernst.

Melody

Falsche Bestellung

Ich bin gerade mitten in einem verrückten Traum, als ich es an die Tür klopfen höre. Es ist ein hartes, dumpfes Geräusch, das ich zuerst gar nicht recht wahrnehme, weil es so unvermutet kommt. Ich öffne ein Auge und sehe auf den Wecker. Er zeigt sechs Uhr morgens an. Wer könnte zu solch einer Unzeit vor meiner Tür stehen? Und Moment! Wer bin ich eigentlich?

Ich werfe einen Blick auf meinen Arm. Er ist dünn und sommersprossig, was bedeutet, dass ich immer noch in Katies Körper stecke. Puh! Ich hatte eine unglaubliche Woche mit ihren Brüdern. Wir sind jeden Tag an den Strand gefahren und es war toll. Wir haben in den Wellen geplanscht, Sandburgen gebaut, und ich habe sogar einen Deal mit Anya geschlossen. Solange ich mich um Ryan und Reese kümmere, muss ich nicht Klavier üben. Davon profitieren alle. Doch ich bin davon ausgegangen, dass ich am Wochenende frei habe.

»Augenblick, ich komme«, murmle ich, doch

die Tür öffnet sich, noch bevor ich es aus dem Bett schaffe.

Ich reibe mir die Augen und setze mich auf. Zuerst ist alles verschwommen, aber dann kann ich Reese und Ryan ausmachen.

Die Jungen tragen passende grüne Jogginghosen und dazu weiße T-Shirts mit Flecken, die merkwürdigerweise nicht zueinander passen. Die Kleinen sind also bereits angezogen, aber warum nur? Soweit ich weiß, ist Samstag.

»Heute ist Wandertag!«, klärt Reese mich auf.

Ich lasse mich zurückplumpsen und vergrabe meinen Kopf im Kissen. »Es ist noch viel zu früh!«, stöhne ich, aber natürlich sind meine Worte kaum zu verstehen.

Die Jungen flitzen aus dem Zimmer und trotz ihres Lärmens schlummere ich wieder ein.

Kurz darauf klopft es wieder an die Tür. Diesmal ist es Anya. »Katie, Schatz. Zeit für unseren Familienausflug. Los!«

»Moment«, rufe ich und wische mir über die Augen.

Ich schiele wieder auf den Wecker, denn vielleicht steht er ja auf dem Kopf. Es muss neun Uhr sein, oder? Nein, der Wecker steht ganz richtig so. Aber wovon redet Anya bloß? Macht sie Witze?

Katies gesamte Familie steht nun im Türrahmen und mustert mich, als wäre ich ein Tier im Käfig.

Ein verdutztes und irgendwie faules Tier. Es ist kein Witz.

Ich setze mich schnell auf. »Entschuldigung. Ich mache mich fertig.«

»Okay. Schön, dass du endlich wach bist. Wir lassen dich in Ruhe, während du dich umziehst«, sagt Anya. »Wir sehen uns in fünf Minuten unten.«

Sie bugsiert die Jungen aus dem Zimmer und ich schwinge meine Füße auf den Boden. Wandern. Im Frühtau zu Berge. Ist sechs Uhr eigentlich schon morgens? Es fühlt sich an wie mitten in der Nacht. Und wie geht man überhaupt wandern?

Na ja, genau weiß ich es nicht, aber wahrscheinlich ist es hilfreich, sich entsprechend zu kleiden. Ich versuche, eine der Schubladen in Katies Kommode zu öffnen, aber sie ist so vollgestopft mit Klamotten, dass sie sich keinen Zentimeter rührt. Dann probiere ich es eben mit dem Wandschrank. Die Türen öffnen sich nicht nur schwungvoll, sondern der gesamte Inhalt ergießt sich auf den Boden. Oh Mann! Katie ist so eine Chaotin! Ich kann nicht einmal zwischen der sauberen und der schmutzigen Wäsche unterscheiden. Aber alles ist gleich zerknittert. Ich lese ein Paar weiße Shorts und ein blaues T-Shirt auf. Das gehört eigentlich mir. Ich habe es Katie vor Monaten geliehen und danach nicht mehr daran gedacht. Es ist weich wie Seide und sieht wirklich an jedem gut aus. Außerdem ist es das schönste Shirt in Katies Schrank. Kein Wunder, dass sie es borgen wollte.

Ich ziehe Socken an und schnüre Katies Wanderschuhe. Sie sind knallrosa. Das ist völlig daneben und ein weiterer Beleg für Katies schrägen Modegeschmack. Wanderschuhe müssen hell- oder dunkelbraun sein, so wie Staub eben. So sehen sie am Ende doch ohnehin aus. Aber hier gibt es niemanden, dem ich das erklären könnte, und auch keine anderen Schuhe.

Zehn Minuten später klettern wir in den Kombi. Ich sitze eingezwängt zwischen den Kindersitzen von Ryan und Reese. Zum Glück ist Katie so dünn. Ich bekomme kaum Luft, was eigentlich gar nicht schlimm ist. Denn wenn ich einatme, riecht es nach Erdnussbutter und Marmelade.

Ich möchte zu gern wissen, warum sich Katies Eltern kein größeres Auto leisten – einen Tesla mit drei Sitzreihen oder sogar einen Minivan. Vielleicht bringe ich das zu einem späteren Zeitpunkt an. Denn ich finde es ungerecht, dass Katie sich beim Autofahren immer zwischen ihre Brüder quetschen muss.

Als wir schließlich zum Ausgangspunkt des Wanderweges kommen, ist es sechs Uhr dreißig, und die Sonne lugt gerade eben über den Berggipfel.

Ryan und Reese stürmen los, sobald sie aus dem Auto sind. »Wartet auf uns«, ruft Jeff und läuft den

Jungen hinterher, die mit gespielter Angst kreischend vor ihm davonlaufen. Er brüllt wie ein Löwe und nimmt sie gleichzeitig hoch, einen auf dem linken Arm, einen auf dem rechten. Sie kichern vergnügt.

Als er sie wieder absetzt, sind sie auf und davon, wirbeln Staub auf mit ihren Fersen und flitzen und stolpern den Berg hinauf, wie nur Ryan und Reese es können.

Katies Mom beobachtet sie mit glänzenden Augen. Sie hakt sich bei mir unter und wir marschieren hinterher. Ich bin immer noch verschlafen, gähne, reibe mir die Augen und sehne mich nach Katies gemütlichem Bett. Aber eigentlich ist es hier gar nicht so übel. Die Sonne geht gerade auf und hat die Schlucht noch nicht aufgeheizt. Es ist kühl, aber die Kälte fühlt sich gut an. Ich ziehe den Reißverschluss meiner Kapuzenjacke hoch und stecke das Kinn in den Kragen, sodass sich der flauschige Innenstoff an meine Haut schmiegt.

Der Berg ist steil und die Jungen sind uns voraus. Ryan und Reese bleiben immer wieder stehen und sammeln Steine und Zweige. Sie werfen Kiesel in die Schlucht, und einmal versuchen sie, einen Ast, der so groß ist wie sie beide zusammen, hinter sich herzuziehen.

Jeff und Anya lachen über ihre Bemühungen und ich beobachte staunend die Szene. Das ist so schön. Katie hat sich andauernd bei mir über die Familienausflüge beschwert. Dass sie vor Sonnenaufgang aufstehen und Zeit mit den Jungen verbringen muss ... Sie wollte immer freitags bei mir übernachten, um sich vor der Wanderung zu drücken. Wie gesagt, sie weiß ihr perfektes Leben nicht zu schätzen. Katie ist der größte Glückspilz, den ich kenne.

Als ich endlich ganz wach bin, kann ich den tollen Ausflug in vollen Zügen genießen.

Wir laufen fast eine Stunde lang gewundene Wege hinauf und steigen höher und höher. Die frische Luft ist wunderbar und belebend. Meine Beine tun weh, aber der Schmerz ist angenehm. Vögel und Eidechsen sind zu sehen und Wildblumen wachsen aus den Rissen im Fels. Als die Jungs schließlich über müde Füße klagen, kehren wir um und laufen zurück.

Da mir der Magen knurrt, bin ich hocherfreut, als Jeff vorschlägt, im *Jinkey's Café* zu frühstücken. Mir gefällt es im *Jinkey's*, aber meine Mom geht nie mit mir dorthin. Sie traut allen angesagten Frühstücksbistros nicht über den Weg. Außerdem haben sie sich dort mal geweigert, ihr ein Omelett nur aus Eiweiß und ohne Butter oder Öl zu braten.

Wir quetschen uns in ein Separee: Jeff und Anya sitzen auf einer Seite, die Jungen und ich ihnen gegenüber. Ich bastle Schlangen aus der Papierhülle von Strohhalmen, beträufle sie mit Wasser und schaue zu, wie sie aufquellen und sich bewegen. Ryan und Reese kreischen außer sich vor Freude, als hätten sie diesen Trick noch nie gesehen.

»Du bist die beste große Schwester der Welt, Katie«, sagt Reese.

»Danke, Kumpel.«

»Ich muss mal«, meldet sich Ryan und rutscht auf seinem Platz herum. »Katie, gehst du mit mir?«

»Na klar«, antworte ich, stehe auf und helfe Ryan aus dem Separee.

Ich bemerke, wie Jeff Anya mit hochgezogenen Augenbrauen anblickt. Beide sind überrascht. Ich sollte wohl anfangen zu diskutieren und Ryan sagen, dass ich beschäftigt bin, aber das bringe ich nicht über mich.

»Auf geht's, kleiner Mann.«

Als ich den Arm um Ryan lege, strahlt er mich an, und mir wird ganz warm ums Herz.

Auf der Toilette sagt Ryan: »Ich brauche eigentlich keine Hilfe mehr, aber ich geh nicht gern allein.«

»Ist schon okay, Kumpel«, beruhige ich ihn. »Mir ging es in deinem Alter auch so.«

Als wir zum Tisch zurückkommen, nimmt der Kellner gerade unsere Bestellung auf.

»Eierkuchen mit Schokostreuseln«, verkündet

Reese so laut, dass es das ganze Restaurant hören kann.

»Für mich auch«, sagt Ryan.

Jeff bestellt sich Eier und Toast und Katies Mom möchte eine Gemüse-Frittata und einen Maismehl-Muffin. Das klingt lecker und daher ordere ich auch einen. Und außerdem Eier und Speck, was sich als Riesenfehler entpuppt.

»Wie bitte?«, fragt Anya.

Ich schaue erschrocken auf und glaube, Anya mache sich wegen des Fettgehalts Sorgen. Meine Mom hat mir endlose Vorträge über Ernährung und nutzlose Kalorien gehalten und mir eingebläut, Eiweiß-Omelett zu bestellen und dazu mindestens zwei Gemüsesorten wie Spinat, Tomaten, Pilze oder Paprika, damit es gesünder wird. Aber ich hätte nicht geglaubt, dass sich Jeff oder Anya über so etwas den Kopf zerbrechen. Ihr Essen besteht zu einem Großteil aus schnöden Kohlenhydraten. Was gibt es daher an meinem Frühstück auszusetzen? Und warum starren sie mich an, als ob ich sechs Köpfe hätte?

Plötzlich fällt es mit siedend heiß ein: der Speck.

Katie ist Vegetarierin.

Katie

Ein ganz gewöhnlicher Samstag

Debbie beobachtet, wie ich auf den Kofferraum ihres Wagens starre, der nun randvoll mit Tüten ist. Da dämmert es mir langsam. »Wir verstauen die Beutel, damit wir noch mehr einkaufen können?«, frage ich.

»Natürlich«, sagt Debbie. »Ich bin mir sicher, dass es noch mehr Läden gibt, in denen wir böse zuschlagen können.«

Wir laufen zurück zum Einkaufszentrum und erstehen neue Badeanzüge. An das, was wir danach noch gekauft haben, kann ich mich nicht einmal mehr erinnern.

Drei Stunden später lassen wir uns die Füße im Wohnzimmer pediküren. Debbies Kosmetikerin kommt zu ihr nach Hause. Ich habe die Füße hochgelegt und lese in der *People*. Eine meiner Lieblingssängerinnen ist verhaftet worden, weil sie an illegalen Straßenrennen teilgenommen hat. Eine andere hat ihre Entziehungskur abgebrochen und sich den Kopf kahl geschoren. Das ist schon merkwürdig. Wenn man supererfolgreich ist und massig Geld hat, warum kann man sich dann nicht zurücklehnen und das Leben genießen? Vielleicht in den Urlaub, in ein Wellness-Hotel, nach Australien oder an einen anderen coolen Ort fahren?

Das verstehe ich nicht, aber ich verstehe, was es bedeutet, es mit dem Einkaufen zu übertreiben. Ich bin völlig geschafft und mir tun die Füße weh. Auch Melodys Mom ist müde. Sie klagt über eine Schwiele unten am Fuß und Daisy, die Nagelpflegerin, verspricht ihr, sie abzufeilen. Das klingt eklig und daher vergrabe ich meinen Kopf lieber wieder in der Zeitschrift.

Bald darauf klopft es an der Tür.

»Können Sie das übernehmen, Daisy?«, fragt Debbie.

Daisy öffnet die Tür und hereinspaziert kommt ein Typ mit einem riesigen Massagetisch und flauschig aussehenden Handtüchern.

»Sie sind zu früh«, bemerkt Debbie.

»Der Masseur kommt zu uns?«, staune ich.

Debbie schaut mich überrascht an.

»Äh, natürlich kommt er zu uns.« Ich hüstle. »Schon klar. Äh, gibt's einen besonderen Grund dafür?«

Debbie mustert mich immer noch und hat ihre dünnen Augenbrauen weit hochgezogen.

»Es gibt keinen besonderen Grund, Melody. Das weißt du doch. Heute ist ein Samstag wie jeder andere.«

Später an diesem Abend bin ich allein in Melodys Zimmer und weiß nicht, was ich mit mir anfangen soll. Kevin ist mit seinem Dad zu einem Spiel der Dodgers gefahren. Ella und Bea sind den ganzen Sommer über im Ferienlager in Wisconsin. Jenna ist in diesem Monat bei ihren Großeltern in Mexiko und Melody muss vermutlich auf Ryan und Reese aufpassen. Ich würde sie gern anrufen, aber ich weiß, dass ich die letzte Person bin, von der sie etwas hören will.

Und obwohl man den Eindruck haben könnte, ich wolle sie nur anrufen, weil mir langweilig ist und niemand sonst Zeit hat, entspricht das nicht ganz der Wahrheit.

Eigentlich will ich Melody anrufen, weil ich sie vermisse.

Melody

Superzwillinge

»Das mit dem Speck war nur Spaß«, platze ich heraus und bin den Tränen nahe. Der Kellner schaut mich immer noch an, hält den Stift gezückt und hat keine Ahnung, was hier gespielt wird. »Ich meinte natürlich vegetarischen Speck. Den haben Sie doch, oder?«

Ich weiß nicht, was vegetarischer Speck ist. Oder ob es das überhaupt gibt. Aber es gibt vegetarische Würstchen und Burger. Ich habe gesehen, wie Katie sich welche bestellt hat. Warum dann nicht auch vegetarischen Speck?

Etwas Besseres ist mir nicht eingefallen. Katies gesamte Familie starrt mich an, als wäre ich eine Fremde, die Besitz von Katies Körper ergriffen hat, und irgendwie bin ich das ja auch.

Nicht dass ihre Eltern einen blassen Schimmer davon hätten.

Das hoffe ich zumindest.

Ich weiß nicht, was geschieht, wenn ich auffliege. Wenn zum Beispiel Ryan und Reese ihren Eltern von ihrem Verdacht erzählen und Anya und Jeff ihnen

Glauben schenken würden. Es wäre nicht schwer, das zu beweisen. Man muss mich einfach nur vor das Klavier setzen und zum Spielen zwingen. Oder mich auffordern, eine knifflige Bruchrechnung zu lösen oder »Suffragette« zu buchstabieren. Solche Aufgaben und noch viele andere fallen mir total schwer. Katie ist ein schlaues Köpfchen, ich nicht. Wenn Anya und Jeff mir auf die Schliche kommen, muss ich vermutlich in meinen alten Körper zurück. Aber würde das automatisch passieren? Oder müssten Katie und ich wieder durch den Wunschtunnel fahren? Oder vielleicht würden sie auch einfach meiner Mom Bescheid geben und mich nach Hause schicken, egal, in welchem Körper ich stecke. Und auf all das habe ich überhaupt keine Lust.

»Ich glaube nicht, dass wir vegetarischen Speck haben«, klärt mich der Kellner auf. Er spricht *vegetarischen Speck* wie ein Fremdwort aus, als hätte er noch nie etwas davon gehört.

»Kein Problem«, versichere ich lächelnd, während ich ihm die Speisekarte zurückgebe und sämtliche Blicke ignoriere. »Wollte ich bloß mal wissen. Ich bleibe bei Eiern und dem Maismehl-Muffin. Oh, und ich nehme auch eine heiße Schokolade. Mit Marshmallows.«

Oh, oh. Ich habe aus Gewohnheit Marshmallows bestellt, aber das hätte ich lieber lassen sollen, weil Katie eigentlich keine isst. Reese blickt mich einen Moment lang an, als würde er etwas überlegen, aber er sagt nichts, und den anderen scheint es nicht aufgefallen zu sein.

Alles ist wieder wie gehabt. Unser Essen kommt und wir frühstücken. Ich stürze mich sofort auf die heiße Schokolade, und das Lustige ist, dass die Marshmallows nicht so lecker wie gewöhnlich schmecken. Bevor ich die Gelegenheit habe, darüber nachzudenken, was das bedeuten könnte, höre ich die Zwillinge streiten. Reese glaubt, Ryan habe größere Eierkuchen, und Ryan ist sich sicher, dass Reeses Portion mehr Schokoladenstreusel enthält.

»Da weiß ich Abhilfe«, sagt Jeff. Er nimmt die Teller und tauscht sie.

Merkwürdigerweise beschwichtigt das die beiden. Sie hauen rein und ich ebenso. Alles schmeckt ganz wunderbar, und es ist fantastisch, essen zu können, ohne dass meine Mom mich anstarrt, innerlich Kalorien zählt und meine Art zu kauen abstoßend findet. Das macht sie vermutlich gerade mit Katie und es schüttelt mich bei dem Gedanken. Doch für Katie ist es ja vielleicht gut, einmal zu sehen, wie unvollkommen mein Leben tatsächlich ist.

Nach dem Frühstück flitzen Ryan und Reese zum Auto, und Reese fängt an zu weinen, weil Ryan als Erster da ist.

»Er hat geschummelt«, schmollt Reese.

»Habe ich nicht«, verteidigt sich Ryan.

»Hast du doch«, beharrt Reese.

Ryan schreit: »Habe ich nicht, habe ich nicht, habe ich nicht.«

»Hast du doch.« Reese stampft mit dem Fuß auf.

»Habe ich doch«, sagt Ryan grinsend.

»Hast du nicht«, erwidert Reese und verstummt dann verdutzt.

Ryan klatscht in die Hände und vollführt einen Freudentanz. »Hah! Genau. Ich habe nicht geschummelt. Hast du gerade selbst gesagt.« Das ist ein gemeiner Trick. Das weiß ich, weil Kyle mich so überlistet hat, als wir noch klein waren.

Ich lege meinen Arm um Reese und flüstere ihm ins Ohr: »Ich wette, das nächste Mal gewinnst du.«

Reese schnieft, wischt sich die Nase mit dem Handrücken ab, klettert ins Auto und lässt sich von mir auf dem Kindersitz festschnallen.

Alle sind still, bis wir nach Hause kommen und die Zwillinge anfangen, sich um ihre Rennautos zu balgen.

Mir ist noch nie aufgefallen, in welchem Konkurrenzkampf die beiden zueinander stehen. Ich versuche, mit ihnen vernünftig zu reden, aber merke schnell, dass man mit Vierjährigen nicht vernünftig reden kann. Sie sind komplett ohne Vernunft.

Ich brauche eine Pause, also gehe ich nach oben und verschanze mich in Katies Zimmer. Doch wirklich gemütlich ist es hier auch nicht, weil es so ein Saustall ist. Ich weiß nicht, wie sie so leben kann, bis mir auffällt, dass ich das ja gar nicht wissen muss. Ich ändere es einfach und bringe Ordnung hinein.

Zuerst nehme ich alles aus ihrem Wandschrank raus, dann knöpfe ich mir die Kommode vor. Beides ist ein einziger Wust aus Pullovern, Leggins, T-Shirts, die linksherum gewendet sind, und Jeans, die ihr seit der vierten Klasse nicht mehr passen. Ich brauche eine Stunde, um alles zu sortieren. Dabei finde ich drei weitere T-Shirts sowie zwei Paar Jeans von mir, meine Burlington-Socken und ein Fußkettchen, das meine Eltern mir letztes Jahr aus Paris mitgebracht haben. Außerdem ein Plüschtier, das ich mal mit neun bei einer Übernachtung hier vergessen habe.

Ich kann ihr nicht wirklich böse sein, weil ich weiß, dass Katie meine Sachen nicht mit Absicht behält. Sie ist einfach völlig chaotisch. Außerdem habe ich nun ein sinnvolles System etabliert. Alle Jeans hängen zusammen, ebenso die Kleider, Röcke und Shirts. Die Pullover liegen zusammengelegt in der Kommode, und in einer Riesentüte ruhen nun Klamotten, die fleckig oder aus der Mode gekommen sind, die ihr nicht mehr passen oder einfach abgrundhässlich sind.

Als ich fertig bin, fühle ich mich viel besser. Jetzt

wäre Zeit zum Ausspannen, doch da platzen auch schon die Zwillinge in mein Zimmer.

Klopfen finden sie überflüssig. Das ist ziemlich süß. Eigentlich.

»Wollen wir Superhelden spielen?«, bettelt Reese. Er hält ein Sofakissen aus dem Wohnzimmer im Arm.

»Okay, kann ich Superman sein?«, frage ich.

»Ich bin schon Superman«, sagt Ryan mit stolz geschwellter Brust.

»Dann vielleicht Batman?«, erkundige ich mich.

Reese schüttelt den Kopf. »Nein, der ist auch schon vergeben.«

Ich suche angestrengt nach einem anderen Superhelden, aber mir fällt keiner ein.

»Wer soll ich denn sein?«, will ich wissen.

»Catwoman oder Wonder Woman«, erwidert Ryan, als wäre das doch völlig logisch.

»Jemand anderes kann ich nicht sein?«, frage ich und stemme die Hände in die Hüften. »Wenn ich nun Hulk sein möchte?«

»Du bist ein Mädchen. Du kannst nicht Hulk sein«, kichert Reese.

»Es ist doch nur ein Spiel«, beharre ich. »Ich kann sein, wer immer ich sein will.«

Die Jungen haben keine Ahnung, wie wahr das ist, und ich muss insgeheim lachen. Mir macht das Ganze einen riesigen Spaß.

Wie ich es vermutet habe, ist es viel besser, das ältere Geschwisterkind zu sein, als das jüngere. Die Jungen schauen zu mir auf und das fühlt sich toll an. Ich bestimme, wo es langgeht, aber das nutze ich nicht aus. Ich will auf keinen Fall wie mein echter großer Bruder Kyle sein.

Ich nehme ein grünes Sweatshirt aus Katies Kommode und ziehe es an. »Ich bin Hulk. *GGGGRRRR!!!*«

Dann jage ich die Jungs durch das Haus in den Garten.

Katie zu sein, ist grandios. Sie weiß gar nicht, wie gut sie es hat!

Katie

Surfer-Boy

Ich bin nun schon seit fast zwei Wochen Melody und es wird immer besser. Ich gehe shoppen. Ich darf so viel fernsehen, wie ich möchte. Wenn Debbie außer Haus ist, kann ich ausschlafen. Wenn sie morgens da ist, ist großes Training angesagt, aber das ist okay. Sobald wir fertig sind, darf ich auf der faulen Haut liegen, fernsehen oder mit Kevin am Strand abhängen. Meinem Freund.

Wir fahren fast jeden Tag zusammen mit dem Strandbus und das ist toll. Mit dem sind wir auch gerade wieder unterwegs. Kevin hält ein Nickerchen und ich sitze direkt neben ihm. Ich kann ihn atmen hören. Genau genommen kann ich ihn schnarchen hören. Gestern war es ebenso und am Tag davor auch. Na ja, wem will ich hier etwas vormachen? Es ist immer so.

Am Anfang habe ich alles an Kevin süß gefunden. Aber Schnarchen macht da eine Ausnahme.

Doch das ist schon in Ordnung. Ich kann es ihm nicht verdenken, dass er Schlaf nachholt. Wir sind extra früh aufgestanden, damit wir den ersten Bus erwischen, der um sieben Uhr fährt. Kevin ist derjenige, der darauf besteht, dass wir so früh an den Strand kommen. Dann gibt es offenbar die besten Wellen. Und ich will mich nicht beschweren, denn so früh zu fahren bedeutet, dass wir Melody, Ryan und Reese nicht begegnen.

Es ist clever von Kevin, während der Busfahrt zu schlafen. Ich hätte auch nichts dagegen einzuwenden. Aber ich kann mich unmöglich entspannen, wenn er an meiner Schulter lehnt, die sich, wie mir gerade auffällt, ein wenig feucht anfühlt.

Das wird wohl Schweiß sein, denke ich. Aber heute Morgen ist es ziemlich frisch.

Es wird doch kein Sabber sein, oder?

Oh nein, das wäre zu eklig. Das geht gar nicht.

Aber es riecht nach Lippenbalsam mit Kirschgeschmack, was nur eins bedeuten kann ...

Ich drehe vorsichtig den Kopf, schaue nach unten und wünschte, ich hätte mir den Anblick erspart.

Kevin sabbert mir auf die Schulter.

Ja, er sabbert.

Ist ja schön, dass er sich so geborgen bei mir fühlt.

Das sage ich mir zumindest.

Zum Glück fährt der Bus endlich auf den Parkplatz. Ich rüttle Kevin wach.

»Wir sind am Strand!«, sage ich.

»Lass mich in Ruhe, Mom«, schimpft er mürrisch.

Ich lache. »Äh, Kevin. Ich bin's, Melody. Nicht deine Mutter. Du sitzt im Bus. Erinnerst du dich?«

»Hä?« Er setzt sich abrupt auf und blinzelt ein paarmal. »Oh ja. Ich habe doch nicht etwa geschnarcht, oder?«

»Ach was«, lüge ich.

»Gut.« Kevin hustet. »Ich weiß eigentlich gar nicht, warum ich dich das frage, denn ich schnarche nicht.«

»Natürlich nicht«, sage ich.

Er lächelt mich an und fährt sich mit den Händen durchs Haar, um seine verstrubbelte Frisur glatt zu streichen. Was ihm aber nicht gelingt. Dann trägt er neuen Lippenbalsam auf. Der Kirschgeruch ist mir auf die Nerven gegangen, deshalb habe ich letzte Woche, als er surfen war, den Lippenbalsam aus seiner Tasche stibitzt und in den Müll geworfen. Aber Kevin muss zu Hause einen Vorrat haben, denn er ist wieder da.

Kevins Surfbrett ist im Gepäckfach unten im Bus. Nachdem wir ausgestiegen sind, warten wir schweigend darauf, dass der Fahrer das Fach aufschließt und entlädt.

Sobald Kevin sein Brett in die Finger bekommt, läuft er zum Wasser, ohne auf mich zu warten oder sich umzublicken, ob ich auch nachkomme, was natürlich der Fall ist. Der Himmel ist noch diesig, denn es ist wohl selbst für die Sonne noch zu früh.

Ich sage das zu Kevin, aber er lacht nicht. Er nimmt überhaupt keine Notiz von mir.

»Yo, Mann, sieh dir das an«, sagt Kevin und schaut auf den Ozean. Er ist ja vielleicht ein sabbernder Schnarchbolzen, aber mit den Wellen hatte er recht. Sie sind riesig.

Wir finden einen Platz in der Nähe der Brandung. Nachdem ich mein Handtuch im Sand ausgebreitet habe, streife ich mein blaues Strandkleid ab und entblöße einen dazu passenden blauen Bikini. Das ist nur eines der neuen Outfits von meiner letzten Shoppingtour mit Debbie. Ich erwarte eine Reaktion, weil ich weiß, dass ich umwerfend aussehe. Aber Kevin ist zu beschäftigt damit, seinen Surfanzug anzuziehen, um es zu bemerken.

Nachdem er den Reißverschluss zugezogen hat, schnappt er sich das Brett, klemmt es sich unter den Arm und will gerade zum Wasser laufen, als ich ihn aufhalte.

»Warte. Kannst du mir bitte den Rücken eincremen?«, frage ich und halte ihm die Flasche vor die Nase.

»Sorry, ich muss los«, sagt er und zeigt aufs Wasser. »Die Wellen sind einfach zu krass, ich kann keine Sekunde länger warten.«

Ich halte das für einen Witz, denn welcher Freund hat denn bitte schön keine Zeit, seiner

Freundin den Rücken einzucremen? Aber er meint es völlig ernst.

Verblüfft schaue ich zu, wie er in die Gischt rennt und dann immer weiter. Er paddelt nach draußen, und bald ist er nicht mehr zu erkennen unter dem Pulk von Surfern, die rittlings auf ihren Brettern sitzen und auf den Wellen schaukeln.

Letzte Woche hat mir das nichts ausgemacht. Da hat es mir gereicht, zu wissen, dass ich mit meinem Freund am Strand bin. Es war egal, dass er mich so ziemlich ignoriert hat, sobald wir angekommen sind. Jetzt aber geht mir die Tatsache, dass wir hier eigentlich gar keine Zeit miteinander verbringen, irgendwie auf den Keks.

Ich bemühe mich nach Kräften, mich selbst einzucremen. Dann krame ich in meiner Umhängetasche herum und fische den von Debbie für gut befundenen Snack heraus. Er besteht aus Chia-Samen und Spinatbällchen in glutenfreier Mandelbutter, und was soll ich sagen, das ist so appetitlich, wie es klingt. Nämlich nicht so sehr. Nach einem winzigen Bissen laufe ich zum nächsten Mülleimer und werfe alles weg.

Da bemerke ich, dass die Snackbar aufmacht. Dort sprudeln schon die Pommes frites im Fett, und als ich es rieche, knurrt mir der Magen.

Gestern zum Abendbrot hat es Veggie-Burger mit rohen Sprossen gegeben. Danach konnte ich

Debbie überreden, mit mir in die neue Sorbet-Eisdiele an der Ecke zu gehen, aber als wir dort waren, durfte ich mir nur eine einzige Kugel bestellen, obwohl ich eigentlich drei wollte.

Der Gedanke daran deprimiert mich. Seufzend laufe ich zu meinem Handtuch zurück und werfe mich müde, hungrig und gelangweilt darauf. Ich schaue auf die Uhr und bin erstaunt, dass erst eine Viertelstunde verstrichen ist. Früher war ich an keinem anderen Ort lieber als am Strand. Der Sommer hat sich immer magisch angefühlt. Aber jetzt, wo wirklich Magie im Spiel ist? Nun ja, da ist es irgendwie enttäuschend.

Ich vermisse es, mit der echten Melody am Strand zu sein. Ich frage mich, was sie heute macht. Vermutlich steht sie gerade erst auf, baut vielleicht mit den Zwillingen eine Legostadt oder eine Burg aus Sofakissen oder spielt mit ihnen Superhelden. Das klingt jetzt eigentlich gar nicht mehr so übel in meinen Ohren.

Ich schließe die Augen, um ein Schläfchen zu halten.

Als ich aufwache, strahlt die Sonne hoch am Himmel. Ich schaue blinzelnd auf die Wellen und sehe dort immer noch etwa ein Dutzend Surfer. Kevin ist vermutlich einer von ihnen. Sein grüner Rucksack steht noch neben mir, also kann er nicht heimgefahren sein.

Ich stehe auf, strecke mich und gehe spazieren, denn ich weiß nicht, was ich sonst machen soll.

Nach nur ein paar Schritten höre ich jemanden pfeifen. Ich drehe mich um, aber ich weiß nicht, aus welcher Richtung der Pfiff kam. Das ist voll gruslig! Ich stehe nur im Bikini da und wünschte, ich hätte etwas darübergezogen. Ich sollte es doch inzwischen besser wissen. In Melodys Körper errege ich ständig Aufmerksamkeit. Schon komisch, dass ich früher darauf neidisch war. Jetzt würde ich mich am liebsten verstecken. Während mir dieser Gedanke durch den Kopf geht, höre ich bekannte Stimmen. Es sind Ryan und Reese.

Sie bauen eine Sandburg mit Melody.

»Wir brauchen mehr Seetang für die Vorhänge«, sagt Melody zu den Zwillingen.

Da muss ich lächeln. Melody hat schon immer darauf bestanden, dass wir unsere Sandburgen mit Vorhängen verzieren, und es ist gut zu wissen, dass sich manche Dinge niemals ändern, auch wenn wir erwachsen werden. Und den Körper getauscht haben.

Ich überlege, ob ich Hallo sagen soll. Es scheint ihnen auch ohne mich ziemlich gut zu gehen. Und ich möchte die Lage nicht verkomplizieren. Denn theoretisch sind wir immer noch zerstritten, obwohl ich das eigentlich nicht mehr möchte. Melody ist bestimmt noch sauer und ich kann es ihr kein bisschen verübeln.

Ich mache einen Rückzieher und will mich gerade umdrehen, aber bevor ich dazu die Gelegenheit habe, sieht mich Ryan und läuft auf mich zu. »Melody!«, ruft er und springt so schwungvoll in meine Arme, dass ich nach hinten stolpere.

Als ich mein Gleichgewicht wiedergefunden habe, drücke ich ihn fest an mich. Der Geruch seines Shampoos und seines drahtigen, kleinen Körpers hat mir gefehlt. So sehr, dass mir die Tränen in die Augen steigen.

»Wo hast du gesteckt?«, will er wissen. »Wir haben dich den ganzen Sommer über noch nicht gesehen.«

Ich weiß nicht, was ich sagen soll. Es ist alles viel zu kompliziert. Ich setze ihn ab, und dann hüpft Reese in meine Arme, damit er ja nicht zu kurz kommt.

Ich schmunzle und sage: »Ich habe euch beide schrecklich vermisst. Was macht ihr gerade?«

»Wir bauen eine Festung für Autos, Schiffe und Flugzeuge«, klärt mich Reese auf.

»Mit Vorhängen, weil Katie meint, dass wir welche brauchen«, fügt Ryan hinzu.

»Das klingt vernünftig«, sage ich nickend.

Melody konzentriert sich auf das Bauwerk und schaut mich nicht an. Sie trägt ein T-Shirt, das mir gar nicht gehört, und zuerst überlege ich, ob sie meine Mom überredet hat, mit ihr einkaufen zu gehen – obwohl das so gut wie nie passiert. Dann fällt mir ein, dass das T-Shirt eigentlich ihr gehört. Ich habe es mir geborgt und konnte es dann nicht wiederfinden, aber sie muss es wohl irgendwo ausgegraben haben. So wie ich Melody kenne, hat sie wahrscheinlich meinen ganzen Schrank aufgeräumt.

Ich hatte mich bereits wie eine lausige Freundin gefühlt, und als ich sie nun in dem wiederaufgetauchten T-Shirt sehe, komme ich mir noch schlechter vor. Ich bin wirklich das Letzte!

»Benimmst du dich immer noch so gemein wie Katie?«, fragt Reese und blickt mir mit ernster Miene in die Augen.

»Katie ist jetzt nett zu uns«, verbessert Ryan seinen Bruder.

»Das weiß ich«, verteidigt sich Reese. »Ich meine die alte Katie.«

»Ihr seid zwei Wirrköpfe«, sage ich und zerzause Reeses Haar. »Keiner ist gemein und es gibt keine alte Katie.«

Ich schiele zu Melody. Sie beobachtet mich aus den Augenwinkeln, das kann ich sehen. Ich vermisse meine beste Freundin. Meine ehemalige beste Freundin, heißt das. Sind wir es noch? Und falls nicht, werden wir es je wieder sein?

»Wie geht's denn so?«, erkundige ich mich.

»Gut«, sagt sie zögernd. »Und dir?«

»Großartig«, lüge ich. »Ich bin mit Kevin hier.«

Ich weiß nicht, warum ich damit herausgeplatzt bin, und es ist mir jetzt auch unangenehm, aber es scheint Melody nichts auszumachen. Sie zuckt die Schultern und meint: »Ja, habe ich mir schon gedacht.«

Ich deute auf den Ozean und sage: »Er surft da draußen.«

Sie nickt. »Äh, das ist auch keine große Überraschung.«

Wir tauschen ein Lächeln aus.

So vieles bleibt unausgesprochen. Ich möchte Zeit mit meinen Stiefbrüdern verbringen. Ob ich fragen soll? Ist das komisch? Die ganze Situation ist komisch.

»Du fehlst mir!«, entfährt es mir.

»Du mir auch«, antwortet Melody, und Erleichterung macht sich auf ihrem Gesicht breit. »Äh, es tut mir leid. Ich hätte dir vor einer ganzen Weile schon die Wahrheit sagen sollen und dich nicht hintergehen dürfen.«

»Mir tut es auch leid. Ich hätte keinen Anspruch auf Kevin erheben sollen. Das ist unfair. Ich habe ihn nicht mal gekannt. Und ich habe dir vermutlich nie die Gelegenheit gegeben, mir die Wahrheit zu sagen.«

»Ähm, worüber redet ihr?«, will Reese wissen.

»Über nichts«, wiegle ich ab.

»Hey«, sagt Melody, steht auf und klopft sich den Sand von den Knien. »Kannst du mal ein paar Minuten auf die Zwillinge aufpassen? Ich muss schon seit einer Ewigkeit pinkeln, aber ich kann sie hier nicht allein lassen.«

»Ich habe dir doch gesagt, du sollst ins Wasser gehen. Das machen wir auch so«, sagt Reese.

Melody schüttelt den Kopf. »Das dürfen nur kleine Kinder. Ab einem gewissen Alter kannst du dafür ins Gefängnis kommen.«

»Wirklich?«, fragt Ryan mit weit aufgerissenen Augen und dem Finger in der Nase.

»Mach ruhig«, sage ich zu Melody. »Ich bleibe hier bei deinen Brüdern.«

»Danke.«

»Jederzeit gern«, antworte ich.

Und das Merkwürdige ist, dass ich es tatsächlich so meine.

Melody

Der Junge am Strand

Um die Wahrheit zu sagen: Ich muss eigentlich gar nicht pinkeln. Ich brauche nur einmal fünf Minuten für mich. Ryan und Reese sind klasse. Aber auch anstrengend. Es ist schon seltsam, wie ich Katie immer beneidet habe. Wie ich noch vor einer Woche jede Minute in ihrem Körper genossen habe. Bei mir zu Hause habe ich mich schrecklich einsam gefühlt, aber nun denke ich, dass man auch zu viel Gesellschaft haben kann. Im Haushalt der Millers tobt praktisch rund um die Uhr das Chaos.

Reese und Ryan wecken mich jeden Morgen in aller Herrgottsfrühe und lassen mich dann nicht mehr in Ruhe, bis sie abends ins Bett müssen, was mir viel zu spät erscheint, wenn man bedenkt, dass sie erst vier Jahre alt sind. Darüber wollte ich gestern Abend mit Katies Mom sprechen, aber sie hat sich sofort angegriffen gefühlt. Sie ist ohnehin nie zu Hause. Ich weiß, dass ich mit ihr vereinbart habe, mich um die Kleinen zu kümmern, wenn sie mir dafür das Klavierspiel erlässt. Aber nun bin ich irgendwie nonstop für die Zwillinge verantwortlich, was mir nicht wirklich gerecht erscheint. Das abendliche Klavierüben hat nur zwanzig Minuten gedauert. Ich passe jeden Tag zehn Stunden auf Reese und Ryan auf. Außerdem benimmt sich Anya so, als würde sie mir damit einen Gefallen tun, und droht mir andauernd, dass ich noch vor Ende der Sommerferien wieder mit dem Klavierspiel anfangen müsse.

Aber daran will ich jetzt keinen Gedanken verschwenden. Ich bin frei. Und ich bin am Strand. Es ist ein herrlicher Tag. Weiße Wattewolken ziehen gemächlich über den tiefblauen Himmel. Die Sonne scheint mir auf die Schultern und das fühlt sich wie eine Umarmung an. Ich atme die süßsalzige Luft ein und laufe im Gleichklang mit den sich brechenden Wellen.

Obwohl mir die Zwillinge langsam zu viel werden, fühle ich mich immer noch gut in Katies Körper. Ich kann ich selbst sein, was komisch ist, weil ich ja nicht ich selbst bin. Damit meine ich, dass ich wie früher sein kann, entspannt und frei. Wie als wir noch kleine Kinder waren und ich keine Angst haben musste, dass irgendwelche Typen mich anstarren, unheimliche Dinge sagen oder mir nur komische Blicke zuwerfen, was manchmal noch viel schlimmer ist. Jetzt kann ich mich ungehemmt bewegen, sorgenfrei spazieren gehen, und das tue ich auch gerade.

Da sehe ich, wie dieser Junge auf mich zuläuft. Das Coole ist, dass ich ihn bemerke, bevor er mich bemerkt. Das passiert mir sonst nie! Außerdem ist er auf so eine strubblige Art süß. Sein dunkles Haar ist lang und wirr, seine Klamotten zerknittert, als ob er gerade aufgestanden wäre und das erste saubere T-Shirt angezogen hätte, das ihm unter die Finger kam. Vielleicht ist es noch nicht einmal sauber. Er wirkt wie einer von der Sorte, denen so etwas egal ist. Weil er eine dunkle Sonnenbrille trägt, kann ich nicht sehen, ob er mich anschaut, aber ich hoffe es.

Er kommt näher und ich lächle ihn an.

Er grinst zurück, und ich denke, *okay, gleich passiert etwas*. Was, weiß ich auch nicht genau, aber ausnahmsweise einmal möchte ich bemerkt werden – zumindest von diesem Jungen. Und er hat mich bemerkt. Also was auch geschieht, es wird etwas Gutes sein. Das spüre ich.

Wir kommen näher und sind schon fast in Hörweite. Ich will ihn gerade grüßen, aber verkneife es mir dann, denn was ist mit Kevin?

Ich habe ein schlechtes Gewissen, denn faktisch gesehen habe ich einen süßen und treuen Freund. Was bin ich für eine Freundin, wenn ich mich zu anderen Jungen hingezogen fühle?

Andererseits ist Kevin natürlich nicht mehr mein Freund. Sondern Katies. Also bin ich frei und ungebunden. Und dieser Typ steht direkt vor mir und lächelt, als hätte er ein Geheimnis. Eins, das er bitte mit mir teilen soll.

»Hey«, sage ich kurz und tue völlig gleichgültig. Ich will mir mit den Fingern durch die Locken fahren, aber stattdessen muss ich mich mit Katies glattem braunen Haar begnügen. Meine Finger verhaken sich nicht und bahnen sich zu schnell ihren Weg.

Ich lache und er auch.

»Hi«, antwortet er.

Ich habe den Jungen gerade erst gesehen und vielleicht fünfundvierzig Sekunden lang angeschaut, aber ich weiß schon, dass ich ihn mag. Tatsächlich stelle ich mir gerade vor, wie ich Hand in Hand mit ihm am Strand entlangschlendere. Ich wette, seine Hände sind weich, warm und nicht verschwitzt.

Er wird sich nicht an mich klammern, als ob er gleich von einer Klippe stürzen würde, sobald er mich loslässt. Nein, er wird ein perfekter Händchenhalter sein.

Ich frage mich, ob er gern Flirt-Nachrichten schreibt. Und ich bin mir sicher, dass er nicht den ganzen Text mit Smileys pflastert. Ich möchte zu gern wissen, wie es ist, ihn zu küssen. Bestimmt trägt er nicht alle fünf Sekunden Lippenbalsam mit Kirschgeschmack auf.

Der Typ riecht überhaupt nicht nach Lippenbalsam.

»Schöner Tag heute, oder?«, frage ich.

»Wunderschön. Ich liebe den Sommer«, antwortet er.

»Ich auch«, erwidere ich darauf. »Ich wünschte, es wäre immer Sommer. Und damit meine ich natürlich nur einen Sommer, den man auch genießen kann, und nicht, dass wir alle durch die Erderwärmung kross gebraten werden.«

Der Typ lacht und sagt: »Du bist lustig.«

»Danke«, entgegne ich. »Aber ich bin nicht lustig. Ich bin Katie.«

»Dann bist du eben lustig und Katie«, meint er. »Ich bin Nico.«

Als wir uns die Hand geben, stelle ich fest, dass ich recht hatte – seine Haut ist weich und sein Griff perfekt. Ich halte seine Hand ein paar Sekunden zu lang, und er wirkt verwirrt, als er sie wegzieht.

Ich kichere. »Entschuldigung. Äh, bist du hier aus der Gegend?«

»Fast. Ich wohne in West Ranch«, verrät er mir.

»Oh, ich wohne in Braymar. Das ist ja ganz in der Nähe.«

»Ja«, sagt Nico. »Bist du oft hier am Strand?«

»Ja, eigentlich fast jeden Tag.«

Ich wünschte wirklich, Katie könnte sehen, wie ich mich mit diesem süßen Jungen unterhalte. Sie geht immer so hart mit sich ins Gericht und behauptet, kein Junge würde sie mögen. Und doch stehe ich hier in ihrem Körper und ein superhübscher Junge schenkt mir seine Aufmerksamkeit. Das liegt alles bloß an ihrer Einstellung, glaube ich. Katie macht sich ständig Stress, geht immer mit gesenktem Blick, plant alles durch und überlegt, was als Nächstes passiert. Sie muss sich einmal entspannen und im Moment leben, besonders im Sommer und besonders am Strand. Das werde ich ihr sagen, sobald ich zurück an unserem Platz bin.

»Und das Mädchen, bei dem du gerade warst, auch?«, will Nico wissen.

»Hä?«, frage ich.

»Die mit den blonden Locken und dem blauen Bikini?«

»Du meinst Melody?«, frage ich verwundert.

»Ja, Melody. Ihr habt euch doch vor fünf Minuten unterhalten, oder? Und dann hast du sie mit den zwei kleinen Jungs zurückgelassen.«

»Ja«, bestätige ich und schaue über die Schulter. Ich kann die drei in den Wellen spielen sehen. »Das ist Melody und die Jungs sind meine Brüder.«

»Cool. Glaubst du, ich könnte ihre Nummer haben?«, erkundigt sich Nico.

Moment. Warum quetscht mich Nico über meine beste Freundin aus, wo er doch stehen geblieben ist, um sich mit mir zu unterhalten? Das ergibt keinen Sinn. Ich bin völlig durcheinander. Er findet mich hübsch. So weit, so gut. Augenblick mal - er findet nicht mich, sondern Melody hübsch. Sie hat aber doch gar nichts gemacht. Sie hat ihn nicht angeschaut. Sie hat nicht mit ihm geflirtet. Das war ich. Wie bescheuert ist das denn? Und wie toll für Melody. - Für mich. Wenn ich bloß in meinem eigenen Körper wäre. Bin ich deshalb oberflächlich? Das ist alles sehr verwirrend.

»Kann ich die Nummer haben?«, fragt er.

»Hey, kennst du Melody überhaupt?«, will ich wissen.

»Ich habe sie ab und zu mal gesehen«, sagt Nico. »Ich meine, wir haben uns noch nie unterhalten, aber ich bin mir sicher, dass wir uns gut verstehen würden. Also, was ist nun?«

Ich stemme die Hände in die Hüften. »Du benutzt mich, um an sie heranzukommen?«, schnauze ich ihn an.

»Na ja, so hart würde ich es nicht ausdrücken«, meint Nico. »Ich dachte bloß, du könntest mir vielleicht behilflich sein.«

»Nur zu deiner Information: Sie hat einen tollen Freund namens Kevin. Und den hat sie sehr gern.«

Bevor Nico etwas erwidern kann, laufe ich davon und verschwinde auf der Toilette.

Dorthin kann er mir ja schlecht folgen und ich kann seinen Anblick gerade nicht ertragen.

Katie ist meine beste Freundin und ich vermisse sie. Und langsam verstehe ich sie auch.

Es macht keinen Spaß, nur das Anhängsel deiner kurvenreichen besten Freundin zu sein.

Katie

Der vierte Juli

Der Bus zur Crescent Moon Bay fährt nicht an wichtigen Feiertagen und heute ist der vierte Juli, unser Nationalfeiertag. Als Melody und ich diese Sommerferien das erste Mal erlebt haben, war das der Tag, an dem wir Kevin im Park kennenlernten. Zumindest habe ich das damals geglaubt. Jetzt weiß ich es besser.

Kevin und ich, also Melody, sind nämlich bereits ein Paar, es ist vier Uhr nachmittags, und er schreibt mir eine SMS.

Was geht?, fragt er. 😉😉😉😉😉😉

Nada, antworte ich.

Wollen wir uns treffen?, schlägt er vor. 🤙🤙🤙🤙🤙🤙🤙🤙🤙🤙🤙

Klar. Bin gleich da, schreibe ich zurück.

Jetzt, wo ich etwas vorhabe, fühle ich mich besser. Ohne Mitfahrgelegenheit kommen wir nicht an den Strand, aber ich denke, dass wir ja zum Park radeln und uns das Feuerwerk anschauen können.

Ich schlendere in meinen riesigen begehbaren Kleiderschrank und suche nach dem perfekten Outfit. Das ist eine Herausforderung, denn ich habe gerade vier neue Paar Schuhe bekommen. Am besten gefallen mir die dunkelblauen mit den roten Streifen an der Seite. Weil ich mir nicht sicher bin, ob sie zu meinem neuen grünen T-Shirt mit den orangefarbenen Punkten passen, probiere ich es zusammen an. Das T-Shirt ist so niedlich, und mir gefällt der V-Ausschnitt und wie es sich an Melodys Körper schmiegt. Natürlich habe ich auch die braunen Riemchensandalen noch nicht angehabt. Die probiere ich auch an und begutachte mich im Spiegel. Meine Aufmachung ist gewagt. Vielleicht passt nicht alles sooo gut zusammen, aber andererseits stammt alles aus der gleichen kleinen Boutique und muss daher doch miteinander harmonieren, oder? Ich beschließe, es damit zu versuchen.

Ich spitze die Lippen, trage ein wenig roten Lippenstift auf und werfe den Stift in meine neue Tasche. Darauf ist eine amerikanische Flagge, die anstelle der Sterne mit glitzernden Strass-Steinen besetzt ist – perfekt für den Feiertag! Als ich schließlich meine Ohrringe, ebenfalls in Form der amerikanischen Flagge, gefunden habe, laufe ich zu Kevins Haus.

Er sieht mich merkwürdig an, als er mir die Tür öffnet.

»Hi, Kev«, begrüße ich ihn. Ich gebe ihm ein Küsschen auf die Wange und werde rot. Es fühlt sich immer noch komisch an, einen Freund zu haben. Einen Jungen zu küssen. Ich frage mich, ob ich mich jemals daran gewöhnen werde.

An den Lippenbalsam mit Kirschgeschmack habe ich mich allerdings gewöhnt. Nicht im positiven Sinne allerdings, denn er geht mir komplett auf die Nerven. Allerdings habe ich gelernt, ein paar Schritte Abstand zu halten, dann rieche ich den Kirschduft nicht mehr ... so sehr.

Anstelle einer Begrüßung fragt er: »Was hast du denn da an?«

»Gefällt es dir?«, erkundige ich mich und drehe mich um die eigene Achse. »Alles ganz neu. Froher vierter Juli!«

»Dir auch«, entgegnet er.

»Mehr fällt dir nicht ein?«, bohre ich weiter.

Und dann entsteht eine lange, bedrückende Pause.

»Sag mir, dass ich umwerfend aussehe«, fordere ich.

»Du siehst umwerfend aus«, wiederholt Kevin mechanisch, aber ich merke, dass er es nicht so meint. Egal. Zumindest hat er es gesagt.

Und wer ist er denn, bitte schön, dass er so etwas einschätzen könnte? Kevin steckt in den Shorts, die er schon die ganze Woche trägt, und er hat ein T-Shirt mit Werbung für einen Seifenhersteller an. Keine Schuhe. Ich hätte es schön gefunden, wenn er sich für mich ein wenig schick gemacht hätte, aber das sage ich nicht. Nicht so direkt.

»Bin ich zu früh?«, frage ich.

»Hä?«, macht Kevin.

»Ich habe den Eindruck, du hattest noch keine Zeit, dir was anzuziehen.«

Kevin schaut verdutzt an sich herab. »Äh, ich bin doch angezogen, Melo. Das ist mein Lieblings-T-Shirt.«

»Oh«, sage ich. »Ach ja, natürlich.«

Ich folge ihm ins Wohnzimmer, in dem ein Fernseher mit Riesenbildschirm läuft. Ich gehe davon aus, dass er ihn gleich ausschalten wird, damit wir uns unterhalten können. Doch stattdessen schnappt er sich die Spielekonsole und daddelt weiter.

Ich stehe da und bin unschlüssig, wie ich mich verhalten soll. Mit Kevin zusammen zu sein, ist nicht so, wie ich es mir vorgestellt habe. Er ist kein schlechter Typ. Er ist nur einfach nicht der tolle Kerl, für den ich ihn gehalten habe. Und er scheint auch nicht gerade übermäßig in mich verliebt zu sein.

»Setz dich doch«, sagt er und klopft auf das Sofapolster neben sich, ohne die Augen vom Bildschirm abzuwenden.

Ich denke, dass ich ja vielleicht mitspielen soll, und setze mich neben ihn. Doch er scheint bereits mitten in einem Spiel zu sein.

»Äh, wo ist meine Konsole?«, frage ich.

»Wovon redest du?«, sagt er.

»Spiele ich nicht mit?«

Er lacht. »Kennst du das Spiel überhaupt?«

Das ist natürlich eine berechtigte Frage und daher antworte ich wahrheitsgemäß: »Nein, aber ich habe eine schnelle Auffassungsgabe.«

»Sorry, ich bin gerade mitten in einem Spiel mit Buddy«, sagt er.

Buddy ist Kevins bester Kumpel aus North Carolina. Er hat mir schon von ihm erzählt. Ich finde es ja gut, dass er in Kontakt mit seinen alten Freunden bleibt, aber echt jetzt? Ich bin hier und ich sehe fantastisch aus in meinem brandneuen Outfit. Außerdem hat Kevin mich ja eingeladen. Er kann mich doch an einem bedeutenden amerikanischen Feiertag nicht einfach ignorieren. Ich verschränke die Arme vor der Brust und atme laut aus.

Er kneift die Augen kurz zusammen, als ob er bemerkt hätte, dass ich unzufrieden bin, aber er ist zu sehr in das Spiel vertieft, um etwas dagegen zu unternehmen.

Ich beschließe, noch einmal hörbar auszuatmen, weil es ja beim ersten Mal womöglich nicht laut genug war.

Er quittiert es mit derselben Gleichgültigkeit.

Vielleicht muss ich ja direkter werden. »Wollen

wir in den Park und uns das Feuerwerk anschauen? Wenn wir gleich losfahren, bekommen wir bestimmt noch einen guten Platz. Ich will eigentlich gar nicht ganz vorn sitzen. In der Mitte ist es besser, dort könnten wir uns einfach auf den Rücken legen, in den Himmel blicken und die Lichter über uns explodieren sehen.«

Kevin antwortet nicht. Er ist zu beschäftigt damit, auf der Konsole Knöpfe zu drücken und sich hin und her zu bewegen. Er fliegt einen virtuellen, violett schillernden Kampfjet, aber er tut so, als handele es sich um eine echte Situation auf Leben und Tod.

»Glaubst du, sie werden *Firework* von Katy Perry spielen, oder wäre das ein bisschen zu platt?«

Kevin lacht nicht über meinen exzellenten Witz und da platzt mir der Kragen. Ich stehe auf und schalte den Fernseher aus.

Er springt auf und jault wie ein Welpe, dem man auf den Schwanz getreten hat. »Was machst du denn da? Ich war gerade am Gewinnen!«

»Ich sitze doch nicht den ganzen Abend hier herum und schaue dir beim Spielen zu!«, beschwere ich mich.

»Wer hat denn etwas von ganzem Abend gesagt? Ich wollte doch nur das Spiel beenden.«

»Oh.« Das ist etwas anderes, und nun bekomme ich ein schlechtes Gewissen, aber eigentlich ist es ja nicht meine Schuld. »Warum hast du das nicht gesagt?«, frage ich.

»Weiß nicht. Ich dachte, das wüsstest du«, sagt Kevin. Er nimmt kurz sein Cap ab und fährt sich mit einer Hand durchs Haar. »Es tut mir leid. Ich bin fertig. Wonach steht dir der Sinn?«

»Wir könnten etwas essen gehen«, sage ich. »Wir können zu *Mario's* laufen, dort sollen die Ravioli superlecker sein.«

»Ich kann nicht essen gehen, weil ich meine Schuhe nicht finden kann«, sagt Kevin.

»Willst du mich auf den Arm nehmen?«, erkundige ich mich.

»Lass uns Pizza bestellen«, schlägt er vor.

»Okay«, sage ich. »Ich esse gern Pizza.«

»Ich auch. Aber ich habe gerade kein Geld hier.«

Ich habe meine Kreditkarte, doch Melodys Mom prüft immer die Abrechnung, und wenn sie herausbekommt, dass ich schon wieder Pizza gegessen habe, wird sie mir die Hölle heißmachen. Ich musste mir erst diesen Morgen wieder einen Vortrag über gesunde Ernährung anhören, weil sie in meiner Strandtasche eine leere Packung Kartoffelchips gefunden hat. Es ist einfach der Wurm drin. »Ich habe auch kein Bargeld«, sage ich zu ihm.

»Kein Problem. Wir plündern einfach den Kühlschrank«, meint Kevin, steht auf und führt mich in die Küche. Er treibt Tortilla-Chips, Salsa, Guacamole und eine Packung mit Würstchen auf.

»Igitt!«, rufe ich.

»Würstchen sind doch lecker«, widerspricht er, nimmt eins aus der Packung und beißt herzhaft hinein.

»Isst du die ungekocht?«, frage ich.

Er nickt und schiebt sich den Rest in den Mund.

Seit ich neun bin, bin ich Vegetarierin. Ich weiß, dass es meine private Entscheidung war, und ich versuche, die Einstellung anderer Menschen zu respektieren, aber ich finde den Gedanken an Fleisch abstoßend. Und mitanzusehen, wie Kevin ein rohes Würstchen verschlingt? »Das ist eklig«, entfährt es mir, und ich rümpfe die Nase.

»Du hast sie doch nicht mehr alle, Melody!« Er redet mit vollem Mund, und so steigt mir ein Geruch in die Nase, der zur Hälfte aus Wurst, zur anderen Hälfte aus Lippenbalsam mit Kirschgeschmack besteht und in der Summe absolut widerwärtig ist.

»Ich muss los«, sage ich.

»Warte mal, bist du jetzt sauer auf mich?«, fragt er. »Sei doch nicht böse, Melo.«

»Ich bin nicht sauer«, sage ich ausweichend. »Ich, äh, ich muss nur einfach gehen.«

»Wollen wir am Sonntag etwas zusammen unternehmen? Es soll tolle Wellen geben.«

»Ich will nicht an den Strand, sechs Stunden lang im Sand herumsitzen und dir beim Surfen zuschauen«, lehne ich ab.

»Oh«, macht Kevin. »Okay, kein Problem. Wir können auch etwas anderes machen. Wollen wir ins Einkaufszentrum?«

»Gut«, willige ich ein, obwohl ich erst gestern dort war. Melodys Mom und ich haben alles gekauft, was es sich lohnt, zu kaufen.

Aber mit Kevin dort hinzugehen, ist etwas ganz anderes. Muss ja so sein, denn Kevin ist der Traum meiner schlaflosen Nächte ... oder?

Melody

Spaghetti-Desaster

Der vierte Juli war großartig! Anya, Jeff, Reese, Ryan und ich haben Wiffleball im McClaren Park gespielt und dann ein Picknick bei Sonnenuntergang gemacht. Als es dunkel war, haben wir das Feuerwerk bewundert, das den Nachthimmel erhellt hat. Ich finde es nur schade, dass Katie nicht dabei war. Ich hätte sie ja eingeladen, aber wir haben nicht mehr miteinander geredet, seitdem wir uns zufällig am Strand begegnet sind. Ist schon komisch. Wie dem auch sei, ich bin mir sicher, dass Kevin und sie etwas Besseres vorhatten.

Jetzt ist Samstagabend und Katies Eltern gehen aus. Das bedeutet, dass ich ans Haus gefesselt bin und babysitten muss. Ans Haus gefesselt sein, so hat Katie es immer ausgedrückt, aber wie gewöhnlich hat sie das völlig überdramatisiert. Nicht jeder hat das Bedürfnis, jeden Abend auf die Piste zu gehen. Es gibt auch so einiges, was man zu Hause unternehmen kann. Besonders, wenn man in einem gemütlichen Heim mit zwei niedlichen Stiefbrüdern wohnt. Wir können Kekse backen. Wir können

T-Shirts batiken. Wir können selbst Knetmasse herstellen, denn ich habe auf Katies Laptop eine coole Anleitung heruntergeladen. Oder wir machen alles zusammen. Wir haben viel Zeit und ich bin schon ganz aufgeregt.

Katies Mom und Jeff besuchen einen Kochkurs für vegetarisches, indisches Essen. Das klingt gut. Ich esse gern indisch, und da ich nun Vegetarierin bin, was könnte da besser passen?

Katies Mom lässt sich von mir dabei helfen, etwas zum Anziehen und Schmuck auszusuchen, was mir total viel Spaß macht. Meine Mom lässt sich da nie von mir hereinreden. Jeden Abend taucht sie perfekt frisiert aus ihrem Zimmer auf, als hätte sie in einem Geheimfach ihres Schmuckkästchens unsichtbare Elfen-Stylisten versteckt.

Ich sitze auf Anyas Bettkante, während sie Kleider aus ihrem Schrank hervorholt.

»Wirke ich in diesem Top wie jemand, der alt ist, aber jung aussehen will?«, fragt sie mich und hält ein ärmelloses blaues Seidenhemd hoch.

»Nein, und das Shirt ist supersüß«, versichere ich ihr. »Kann ich es mir mal ausborgen?«

Sie gibt es mir. »Hier. Es gehört dir, denn du hast meine Vermutung gerade bestätigt!«

Nach drei weiteren Versuchen entscheidet sie sich für einen Kaftan in Rot, Gelb und Blau sowie weiße Caprihosen und hübsche, hochhackige Sandalen, die hellbraun wie ein abgenutzter Pferdesattel sind. Dazu legt sie die neue Kette an, die Jeff ihr geschenkt hat. Daran hängen drei Amulette: eins für Katie, eins für Reese und eins für Ryan. Ich finde es schön, dass sie ihre ganze Familie um den Hals trägt – als wären wir immer in ihren Gedanken, was ja auch absolut der Wahrheit entspricht.

Als Anya fertig ist, dreht sie sich um die eigene Achse und fragt mich, was ich denke.

»Du siehst toll aus«, versichere ich ihr, und das meine ich ernst. Anya sieht sehr hübsch und strahlend aus. Sie will nicht unbedingt gertenschlank und durchtrainiert wie meine Mom sein. Sie hat ein paar Speckröllchen und erlaubt sich hin und wieder ein Stück Kuchen. Sie trägt nicht ständig Make-up, und falls doch, dann nur Lippenstift. Selbst heute Abend, wo sie ausgeht. Sie macht sich Sorgen wegen ihres Alters, aber sie sieht hinreißend aus. Ich kann mir Anya und Jeff bildlich zusammen in der Schule vorstellen. Sie albern herum und sind verliebt. Kein Wunder, dass Katie unbedingt einen Jungen kennenlernen will. Wenn meine Eltern so glücklich wären, würde ich auch einen Freund haben wollen. Und ehrlich gesagt, will ich das auch. Nur nicht meinen ...

Sobald wir nach unten kommen, stürmen Reese und Ryan auf mich zu. »Was sollen wir machen?«, fragt Reese.

»Na ja, das kommt darauf an«, sage ich und erzähle ihnen von der Knetmasse und dem Batiken.

Ryan schaut Reese an und verzieht das Gesicht.

»Oder wir schauen uns ein neues Buch an. Habt ihr schon *Matilda* gelesen?«

»Wir haben den Film gesehen«, sagt Reese gähnend.

Ich schaue hilfesuchend zu Anya, aber die trägt vor dem Spiegel in der Diele Lippenstift auf und tut so, als würde sie nichts hören.

»Können wir einen Film anschauen?«, bittet Ryan.

»Bitte, bitte, bitte«, bettelt Reese.

Mir fällt kein Grund ein, warum Anya das verbieten sollte. Es ist Sommer. Die Minis und ich haben den ganzen Tag draußen gespielt und ich bin müde. Gestern Abend hatten wir ein tolles Picknick am Strand. Wir gehen jeden Samstag wandern und waren ununterbrochen auf den Beinen. Was ist schlimm daran, ab und an vor dem Fernseher herumzulümmeln?

Aber als ich meine Argumente vortrage, kommt Jeff herein und unterbricht mich: »Kein Fernsehen. Die Jungs müssen gebadet werden. Und bitte wasch ihnen die Haare. Im Kühlschrank ist reichlich Essen für das Abendbrot. Sie können Nudeln, Würstchen oder beides essen, aber vergiss das Gemüse nicht. Im oberen Fach liegen geschnittene

Gurken und Karotten. Punkt halb acht geht es ins Bett.«

»Ich mag keine Gurken, nur Karotten«, nörgelt Reese.

»Und halb acht ist viel zu früh!«, beschwert sich Ryan.

»Nein, genau richtig«, sagt Jeff. »Oder, Katie?«

»Hört auf eure Schwester, Jungs«, ermahnt Anya die beiden. »Sie ist für euch verantwortlich.«

Und dann sind sie weg.

Wir drei schauen zu, wie sie zum Bordstein laufen und in Jeffs alten Subaru einsteigen. Sobald sie davongefahren sind, johlen die Jungen begeistert und beginnen, das Sofa im Wohnzimmer auseinanderzunehmen. Sofort ist alles ein einziges Chaos.

»Was macht ihr da?«, frage ich.

»Wir bauen eine Festung!«, sagt Reese, als ob das ganz selbstverständlich wäre. Sämtliche Sofakissen liegen jetzt auf dem Boden. Ryan schiebt den Couchtisch weg.

»Dürft ihr das denn?«, will ich wissen.

»Na logo«, versichert Reese.

»Warum habt ihr dann erst angefangen, eine Festung zu bauen, nachdem die beiden zur Tür raus waren?«, erkundige ich mich.

Die Jungen schauen mich schuldbewusst an.

Ich beantworte die Frage selbst: »Weil ihr das nicht dürft.«

»Es ist in Ordnung, solange du aufräumst, wenn wir im Bett sind, denn das letzte Mal haben wir Ärger bekommen«, klärt Ryan mich auf.

»Moment mal. Es ist nicht meine Aufgabe, hier aufzuräumen«, protestiere ich.

Die Jungen kichern schelmisch, während sie sich gegenseitig ein Kissen auf den Kopf hauen.

»Ihr baut keine Festung, ihr schlagt euch. Das ist definitiv nicht erlaubt«, sage ich.

Die Jungen ignorieren mich und ich gebe auf. Ich bin geschafft von der Wanderung am Morgen. Außerdem haben mich Ryan und Reese gestern um halb sechs aus dem Bett geworfen, damit ich ihnen dabei helfe, eine Garage für ihre Matchbox-Autos zu bauen. Am Morgen zuvor wollten sie um sechs Superhelden spielen.

Ich laufe ins Hobbyzimmer. Das Klavier thront drohend in der Ecke. Anya hat mir eröffnet, dass es mit unserer Abmachung, nicht Klavier üben zu müssen, solange ich auf die Zwillinge aufpasse, vorbei ist. Ich habe Anya erklärt, das Klavier sei total verstimmt, und es in diesem Zustand zu spielen, sei nicht gut für mich. Sie hat mir diese Ausrede tatsächlich abgekauft, und nun muss ich nicht üben, bis die Sache behoben ist, aber der Klavierstimmer kommt schon nächste Woche. Ich weiß nicht, was ich danach tun soll.

Plötzlich höre ich einen Knall und einen Schrei.

Ich renne ins Wohnzimmer und finde Ryan weinend vor. Zu allem Übel schlagen sich die Jungen nun nicht mehr nur mit Kissen. Sie nehmen dazu ihre Fäuste.

»Lasst den Quatsch!«, schreie ich und trenne sie voneinander. »Was soll denn das?«

Ryan sagt: »Reese hat mich an die Wand geschubst.«

»Das war aus Versehen«, erklärt Reese. »Er hat mich einfach so gehauen.«

»Hört sofort damit auf«, schnauze ich die beiden an. »Und passt besser auf.«

Sie rücken von mir ab und fahren mit der Kissenschlacht fort.

Ich möchte zu gern wissen, wie viel Katie fürs Babysitten bekommt. Weil es Wochenende und nicht Teil unseres Klavierdeals ist, werde ich doch bestimmt bezahlt. Ich hoffe nur, das Geld reicht für einen neuen Badeanzug. Ich bin nicht gerade auf Katies Badesachen versessen. Es sind alles superknappe Bikinis, und wenn ich damit schwimme, bekomme ich einen kalten Bauch und habe Angst, dass eine große Welle mir alles vom Leib reißt. Ein einfacher Badeanzug ist viel praktischer.

Ich laufe nach oben in mein Zimmer und versuche zu lesen. Gestern bin ich in die Bibliothek gegangen und habe mir Bücher ausgeliehen. Aber es ist viel zu laut. Ich kann mich nicht konzentrieren.

Ich frage mich, wie lange ein indischer Kochkurs dauern kann. Jeff und Anya müssen dorthin fahren, wozu sie mindestens zwanzig Minuten brauchen. Der Unterricht dauert bestimmt wenigstens eine Stunde, wenn nicht sogar zwei. Nach dem Kochen dürfen sie von den Speisen probieren, was bestimmt noch einmal eine Dreiviertelstunde in Anspruch nimmt. Ich bin mir sicher, dass sie jeden Moment zur Tür hereinkommen und mich erlösen. Ich schiele auf den Wecker. Er zeigt fünf Minuten nach sechs an.

Was bedeutet, dass Anya und Jeff erst seit zehn Minuten weg sind.

»Hey, was gibt's denn heute zum Abendessen«, erkundigt sich Reese und kommt, ohne anzuklopfen, in mein Zimmer.

»Gute Frage«, antworte ich. Ich laufe nach unten in die Küche und schaue im Kühlschrank nach. Ich sehe die Karotten und Gurken, die Jeff erwähnt hat, und auch die Makkaroni, den Käse und die Würstchen. Lecker. Würstchen. Sie schauen köstlich aus und nun sitze ich in der Klemme. Katie ist Vegetarierin und ich stecke in ihrem Körper. Muss ich deshalb auch Vegetarierin sein? Wäre es respektlos, ein Würstchen zu essen? Oder kann ich als Katie tun und lassen, was ich will?

Sie vergnügt sich zum Beispiel wahrscheinlich gerade mit meinem Freund. Vielleicht haben sie sich sogar geküsst. Und das ist mir auch egal. Ich bin froh, eine Auszeit von Kevin zu haben. Ich sollte mich wohl von ihm trennen, aber noch sind wir ein Paar. Betrügt mich mein Freund daher mit meiner besten Freundin? Oder hält sich meine beste Freundin einfach an unseren Rollentausch? Kann beides zutreffen?

Und zurück zu meiner ursprünglichen, viel dringlicheren Frage: Darf ich ein Würstchen essen?

Mein Magen knurrt, was bedeutet, dass mein Körper mich auffordert, es zu essen. Und die echte Katie wird es ja nie erfahren. Also ist es absolut in Ordnung.

Ich nehme einen kleinen Bissen.

»Was machst du da?«, fragt Ryan.

»Nichts!«, sage ich und verstecke den Rest des Würstchens hinter meinem Rücken. »Gar nichts.«

»Du hast ein Würstchen gegessen«, sagt Ryan.

»Es ist ein vegetarisches Würstchen«, schwindle ich. »Und ich habe nur einmal abgebissen.«

Ryan schaut mich merkwürdig an. Er ist mir auf der Spur, das sehe ich. »Das ist ein ganz normales Würstchen, und du bist nicht Katie«, stellt er fest.

Ich kichere nervös. »Warum sagst du das immer, kleiner Mann?«, frage ich und zerzause ihm das Haar.

»*Du* nennst mich nie *kleiner Mann*«, fährt er fort. »Melody schon.«

Das stimmt. Ich kann nicht fassen, wie aufmerksam er ist. Oder vielleicht doch. Kleine Kinder sind blitzgescheit. Erst wenn sie älter werden, trübt das ihre Sinne. Wie die anderen Erwachsenen machen sie sich dann Sorgen um Belanglosigkeiten. Dann wissen sie plötzlich Dinge nicht mehr, die sie einmal wussten.

»Du bist nicht Katie und Melody ist nicht Melody. Alles ist vertauscht!«, sagt er.

Ich bin verblüfft und besorgt.

»Pass auf, du Wicht«, äffe ich Katie nach, so gut es geht. »Lass mich in Ruhe, ja? Ich habe Besseres zu tun, als mit dir sinnlose Diskussionen zu führen.«

Ryan schaut mich stirnrunzelnd an, als hätte er mich durchschaut, und dann platzt Reese ins Zimmer. »Ich verhungere!«, stöhnt er. »Du sollst uns doch etwas zum Abendbrot machen.«

»Okay, aber ihr müsst mal ein bisschen herunterpegeln«, erwidere ich. Und dabei muss ich Katie nicht einmal mehr nachmachen. Ich bin wirklich genervt. »Worauf habt ihr Appetit?«

»Spaghetti!«, ruft Ryan.

»Warum nicht Makkaroni mit Käse?«, frage ich und zeige ihnen die Auflaufform. »Das ist schon fertig und ich muss es nur noch warm machen.«

»Nein, das gab es gestern Abend schon«, nörgelt Reese. »Ich will auch Spaghetti.«

»Okay, wenn ihr unbedingt wollt«, sage ich. Spaghetti klingen einfach und meine Stimmung hellt sich auf. Ich kann eigentlich nicht kochen, aber das kriege ich bestimmt hin. Im Schrank finde ich die Pasta und im Kühlschrank eine Soße. Perfekt.

Ich lese die Kochanleitung auf der Packung. Offensichtlich muss das Wasser »sprudelnd kochen«. Aber was soll das eigentlich heißen?

Die Jungen starren mich an, was mich zusätzlich unter Druck setzt. Es gibt mir das Gefühl, irgendetwas zu vermasseln. »Jungs, geht spielen, okay? Ich rufe euch, wenn ich fertig bin.«

Sie ziehen ab.

Ich schlucke und öffne fünf Schränke, bevor ich den richtigen Topf finde. Ich fülle ihn mit Wasser und stelle ihn auf den Herd. Dann schalte ich den Herd an. Die Flamme schießt wie von Zauberhand hervor. Schön.

Ich drehe voll auf, damit die Zwillinge nicht in meiner Obhut verhungern.

Aber als ich auf das Wasser schaue, passiert nichts. Ich stöbere einen Deckel auf und lege ihn auf den Topf. Dadurch sollte das Wasser schneller kochen, oder? Ja. Das erscheint mir logisch. Essen zu kochen, ist eine Kleinigkeit. So was sollte ich öfter machen.

Es klingt so, als würden die Jungen mit der

Kissenschlacht weitermachen, und weil sie so viel Spaß dabei haben, beschließe ich, mitzumachen. Ich schnappe mir ein Kissen und schubse Ryan damit um. Er fällt auf Reese und die Kleinen plumpsen zu Boden wie zwei alberne, kichernde Dominosteine.

Dann steht Reese auf und haut mir auf den Kopf, aber es tut nicht weh. Wir lachen uns kaputt. Ich liebe die Jungs. Wir haben einen Mordsspaß. Babysitten ist prima!

Ein paar Minuten später höre ich ein seltsames Geräusch, das aus der Küche zu kommen scheint – es klingt wie ein Zischen.

Oh, oh.

Ich renne in die Küche, und das Wasser ist übergekocht, hat sich auf den Herd ergossen, und die Flammen schlagen hoch. Ich greife nach dem Topf und schreie: »AUTSCH!!!!« Ich lasse los und schüttle meine pulsende Hand. Ich habe mich verbrannt. Und das Wasser kocht immer noch über.

Mit der unverletzten Hand stelle ich den Herd ab. Inzwischen sind meine verbrannten Finger rot und angeschwollen. Sie tun so weh, dass mir die Tränen in die Augen schießen.

»Wo ist das Abendbrot?«, fragt Reese.

»Wir haben Hunger!«, ruft Ryan.

Ich hole zitternd tief Luft. »Wartet, Jungs«, stoße ich hervor. »Ich brauche noch eine Minute.«

Okay, sage ich zu mir. Wein nicht vor den Kleinen. Wein nicht vor den Kleinen. Wenn sie dich weinen sehen, bekommen sie Angst, und damit ist keinem geholfen. Ich schniefe, atme noch einmal durch und halte die pochenden roten Finger unter kaltes Wasser. Das lindert den Schmerz ein wenig.

Danach stelle ich den Herd wieder an, schütte die Spaghetti in den Topf und decke den Tisch.

Acht Minuten später sieht die Pasta so aus, als ob sie gar wäre. Ich gieße sie ab und achte darauf, diesmal Topflappen zu nehmen. Dann schütte ich die Spaghetti wieder in den Topf, gieße die Soße darauf und rühre alles um. Ich bin so stolz auf mich. Trotz einer kleinen Verletzung habe ich Spaghetti gekocht und es sieht lecker aus.

Als ich die Jungen holen will, ist das Wohnzimmer ein Meer aus Federn. »Es sieht aus, als wäre ein Huhn hier drinnen explodiert!«, kreische ich.

Die Jungen brechen lachend zusammen.

»Du bist so lustig, Katie«, sagt Ryan.

Normalerweise ist ihr Lachen ansteckend. Aber jetzt bin ich wirklich sauer. Was werden Jeff und Anya dazu sagen? Werden sie mir die Schuld an dem kaputten Kissen geben? Vermutlich.

»Das Abendessen ist fertig«, sage ich. »Kommt.«

Die Jungen rennen in die Küche und ich bin stolz auf mein Werk. Spaghetti mit roter Soße und ich habe sogar den Tisch mit einer schicken, rot karierten Decke und passenden Servietten gedeckt. Die Trinkbecher der Jungen sind mit Apfelsaft gefüllt und alles sieht perfekt aus.

Reese setzt sich und fängt an zu essen. Aber Ryan steht neben seinem Stuhl und ist den Tränen nahe.

»Was ist?«, frage ich.

»Ich finde rote Soße eklig«, klärt er mich auf. »Ich wollte Butter und Käse!«

»Warum hast du das nicht gesagt?«, will ich wissen.

»Weil ich das eigentlich nicht muss. Wenn du wirklich Katie wärst, würdest du das wissen.«

Er schluchzt, und ich weiß nicht, was ich sagen soll. Das ist alles supernervig.

»Ich bin wirklich Katie. Aber das macht ja nichts, Ryan. Ich koche dir natürlich neue Spaghetti. Ich hab's einfach vergessen. Heute war ein anstrengender Tag.«

»Darf ich lieber Orangensaft haben?«, bittet Reese.

»Apfelsaft ist eklig. Ich will Schokomilch«, beschwert sich Ryan.

»Oh, ich auch«, sagt Reese, sobald ich ihm Orangensaft eingegossen habe.

Das ist doch nicht zu fassen!

Zwei Stunden später sind die Jungen gebadet, stecken in ihren Schlafanzügen und schlummern in ihrem Zimmer. Ich lasse mich auf Katies Bett plumpsen und starre an die Decke. Ich bin zu erledigt, um zu lesen, zu erledigt, um zu schlafen, zu erledigt, um mich überhaupt zu rühren.

Um Viertel nach zehn höre ich, wie die Haustür aufgeht. Jeff und Anya kommen kichernd herein.

Kurz darauf ruft Anya: »Bist du noch wach, Katie?«

Ich schleppe mich aus dem Bett und laufe zum Treppenabsatz. »Hi, habt ihr euch gut amüsiert?«, frage ich und linse nach unten.

Anya schaut unglücklich auf das Chaos. »Was ist mit dem Wohnzimmer passiert?«, will sie wissen.

»Die Jungs haben eine Festung gebaut«, sage ich. »Sie haben es nicht mehr geschafft, vor dem Schlafengehen aufzuräumen, aber sie haben versprochen, das morgen früh gleich nachzuholen.«

»Katie, darüber haben wir uns doch unterhalten«, sagt Anya.

»Ach ja?«, frage ich, weil ich nichts davon weiß.

Anya seufzt. »Du weißt, dass die beiden am Wochenende keine Festung bauen dürfen.«

»Ja, richtig, aber ich verstehe nicht, warum. Wenn sie manchmal Festungen bauen dürfen, warum dann nicht immer? Das ergibt keinen Sinn.«

»Doch, weil es eine Regel ist, die Jeff und ich aufgestellt haben. Du kannst hier nicht einfach die Regeln ändern. Das steht dir nicht zu.«

»Okay«, sage ich und frage mich, warum ich mir eine Standpauke anhören muss. Ich habe meinen ganzen Abend geopfert, mich um die Jungen gekümmert, und das ziemlich gut. Jeff und Anya haben sich noch nicht einmal bei mir dafür bedankt. Aber das ist schon in Ordnung.

»Ich werde bestimmt daran denken, wenn ich das nächste Mal babysitte«, verspreche ich also und schaue dabei auf meine Uhr. »Ihr seid ja wirklich über vier Stunden weg gewesen, wow! Das ist ganz schön lang. Äh, ich weiß gar nicht mehr so genau – wie viel bekomme ich normalerweise pro Stunde?«

Jeff blickt mich überrascht mit zusammengekniffenen Augen an. »Du wirst nicht dafür bezahlt, dass du dich um deine Brüder kümmerst«, antwortet er.

»Moment mal. Ihr macht wohl Witze?«, frage ich. »Das hier gehört nicht zum Klavierdeal. Der ist vorbei. Und es ist Samstagabend. Ich denke also schon, dass ...«

»Oh Katie. Das haben wir doch nun schon so oft diskutiert«, beklagt sich Anya müde.

Ich bin völlig entgeistert. »Soll das heißen, Katie babysittet ohne Bezahlung?«

»Das ist kein Babysitten, Katie«, verbessert mich Jeff. »Und warum sprichst du von dir selbst in der dritten Person?«

»Mach ich doch gar nicht.« Ich hüstle. »Ich meine, ich babysitte ohne Bezahlung. Ständig. Also, äh, können wir uns noch mal darüber unterhalten? Warum muss ich immer gratis auf die Zwillinge aufpassen?«

»Weil wir eine Familie sind«, klärt Anya mich auf. »Du wirst nicht dafür bezahlt, Zeit mit deiner Familie zu verbringen.«

Katie

Bestellt und nicht abgeholt

Gleich nachdem ich am Sonntag aufgestanden bin, lege ich mir ein neues, spektakuläres Outfit zurecht: ein Trägerhemd mit Leopardenmuster und dazu Caprihosen mit Zebrastreifen, weil Tiermuster natürlich immer zusammenpassen. Da die Klimaanlage im Einkaufszentrum auf vollen Touren läuft, stibitze ich außerdem Debbies Kunstpelz-Weste. Ich hoffe zumindest, dass sie aus Kunstpelz ist ...

Kevin und ich treffen uns im Einkaufszentrum, weil er mit seinem Dad und ein paar Cousins brunchen geht. Ich schnappe mir Melodys schickes Zehn-Gänge-Fahrrad, und als ich ankomme, habe ich kaum noch Zeit, um zu unserem Treffpunkt beim *Gap* zu laufen.

Während ich dort stehe, fällt mir auf, dass Kevin nicht gesagt hat, ob er *GapKids*, *GapBody* oder den guten alten *Gap* für Jugendliche und Erwachsene meint. Als Eigentümer von *Gap* wäre es sinnvoll, alle *Gap*-Filialen an einem Ort im Einkaufszentrum anzusiedeln. Aus irgendeinem Grund ist das jedoch nicht so. *GapKids* und *babyGap* sind im Untergeschoss. *GapBody* befindet sich im dritten Stock neben *Victoria's Secret.* Und der gute alte *Gap* steckt im zweiten Stock in einer Ecke neben einem riesigen Kaufhaus. Und genau dort warte ich. Ich schaue immer wieder auf Melodys Telefon, aber Kevin hat keine meiner Nachrichten beantwortet. Er ist schon eine Viertelstunde zu spät.

Vielleicht sollte ich einen Brief an die Geschäftsleitung von *Gap* schreiben. Aber so etwas würde ich als Katie, nicht als Melody tun. Melody würde einfach nur die Schultern zucken und sagen: »Was soll's. Es ist, wie es ist.«

Sie kritisiert nicht gern. Ich habe noch nie verstanden, warum. Es ist nicht so, dass Melody keine Meinung hätte. Sie hat viel zu sagen. Sie macht sich gewöhnlich einfach nur nicht die Mühe, die Dinge beim Namen zu nennen. Selbst wenn sie ihr wichtig sind.

Vor ein paar Jahren hat sie Malunterricht genommen und war wirklich begeistert davon. Doch die Schule lag am anderen Ende der Stadt und der Termin überschnitt sich mit dem Lieblings-Spinning-Kurs ihrer Mom. Debbie überredete Melody, mit dem Unterricht aufzuhören. »Aus dir wird doch sowieso keine Künstlerin«, sagte sie. Und Melody hat es geschluckt. Sie hat sich nie beschwert, aber ich weiß, dass es sie gekränkt hat. Und warum? Weil

Melody Kunst liebt und außerdem supertalentiert ist. Aus ihr könnte sehr wohl eine Künstlerin werden, wenn sie es nur will.

Als wir kleiner waren, hat sie ständig gezeichnet. Dann hat sie damit aufgehört, und ich dachte, es sei endgültig. Aber nun glaube ich, dass sie insgeheim immer noch zeichnet.

Gestern Abend habe ich in ihrer Kommode herumgewühlt und bin dabei auf ein Notizbuch voller Skizzen gestoßen, von denen die meisten wirklich gut sind. Ich weiß nicht, warum sie mir die nie gezeigt hat.

Als ich auf meine Uhr schaue, sehe ich, dass Kevin bereits zwanzig Minuten zu spät ist. Das ist doch völlig daneben.

Ich schaue mich um und stelle fest, dass ich zwei Türen neben dem *Color Me Lovely* stehe. Melody und ich waren da vor fünf oder sechs Jahren mal, so genau weiß ich es nicht mehr. Aber ich kann mich noch daran erinnern, dass wir Servierteller bemalt haben. Melody wollte das unbedingt. Meiner war irgendwie langweilig. Ich kann einfach nicht zeichnen und hab ihn einfach blau angepinselt. Er ist in unserer Familie tatsächlich in Gebrauch, was schon etwas peinlich ist. Ich meine, ich hab nur einen blöden blauen Teller zustande gebracht, und der hat jetzt sogar einen Riss, aber das ist Jeff und Anya egal. Sie tun, als wäre er ein Meisterwerk, aber insgeheim glaube ich, dass wir einfach kein Geld haben, um uns einen neuen, unversehrten Teller zu kaufen.

Melodys Servierteller war umwerfend. Wenn ich ihre Mom wäre, würde ich ihn jeden Tag benutzen. Doch nun wohne ich schon seit Wochen in Melodys Haus und habe den Teller nirgendwo gesehen.

Wie dem auch sei, jetzt stehe ich vor dem guten alten *Gap*, warte immer noch auf Kevin und schaue nach, ob auf meinem Handy eine Nachricht mit einer Entschuldigung eingegangen ist, was nicht der Fall ist. Und da kommt dieser Typ auf mich zu und fragt: »Brauchst du Hilfe?«

Ich schaue auf. Er ist groß und hat breite Schultern. Er trägt eine rote Baseballmütze zu rotem T-Shirt und Jeans. Obwohl er süß ist, ist er viel zu alt, um sich für mich zu interessieren. Ich wette, er geht schon auf die Highschool, vielleicht sogar schon in die zwölfte Klasse. Zumindest sieht er alt genug aus, um einen Führerschein zu besitzen. Und tatsächlich baumelt ein Autoschlüssel aus seiner Hosentasche.

Ich weiß nicht, warum er mich fragt, ob ich Hilfe brauche. Ich stehe hier und kümmere mich um meine Angelegenheiten. »Nein, mir geht's gut.« Ich lächle höflich, aber er hält das offensichtlich für eine Einladung, wo ich doch nur möchte, dass er mich in Ruhe lässt.

»Gehst du einkaufen?«, fragt er.

»Eigentlich warte ich auf meinen Freund«, antworte ich.

Der Typ grinst. »Wenn du meine Freundin wärst, würde ich dich bestimmt nicht warten lassen.«

Ich schaue mich noch eine Spur genervter um und wünsche mir, dass Kevin endlich auftauchen würde.

»Ich bin JJ«, klärt der Typ mich auf und streckt mir die Hand hin.

»Melody«, sage ich. Ich ergreife seine Hand nicht. Ich will nicht unhöflich sein, aber auch nicht zu nett.

Seine Aufmerksamkeit gefällt mir nicht. Nicht einmal ein *bisschen*. Als ich das nächste Mal auf mein Handy schaue, fällt es mir aus der Hand, und ich bücke mich, um es aufzuheben. JJ bückt sich ebenfalls, wir stoßen mit den Köpfen zusammen, und ich rufe: »Autsch!« Und das ganz laut. Nicht nur, weil es wehtut, sondern weil ich wütend auf meinen Freund bin, weil er nicht hier ist und ich allein mit diesem lästigen Typen fertigwerden muss.

»Oh nein. Alles in Ordnung? Es tut mir so leid«, entschuldigt sich JJ. Er fasst mich an den Armen, und weil ich das nicht will, schüttle ich ihn ab. Und da kommt Kevin. Endlich! Wo es zu spät ist.

»Hey, was ist denn hier los?«, fragt mich Kevin

und blickt verwundert von mir zu dem Typen und dann wieder zurück zu mir. Ich verstehe. Wenn ich Kevin in halber Umarmung mit einem x-beliebigen Mädchen antreffen würde, wäre ich auch völlig baff. Aber ich bin zu wütend, um etwas zu sagen.

»Gehört sie zu dir?«, erkundigt sich JJ bei Kevin, als wäre ich eine Posaune oder ein Fahrrad oder ein Schoßhündchen.

Kevin richtet sich auf, legt den Arm um mich und zieht mich an sich. »Richtig.«

Er küsst mich auf die Wange.

JJ winkt und zieht ab.

Ich wische mir die Reste vom Lippenbalsam ab, aber meine Wange klebt trotzdem noch und riecht nach Kirschen.

»Stimmt was nicht?«, fragt er mich.

Es ist wohl offensichtlich, dass ich stinksauer bin.

»Nein«, erwidere ich. Aber was ich eigentlich meine, ist »alles«.

Ich habe es mir anders vorgestellt, mit Kevin zusammen zu sein. Ich habe gedacht, wir würden in ein völlig neues Leben eintauchen. Ich habe gedacht, wir würden ins Kino gehen, romantische Spaziergänge am Strand unternehmen und in einem schicken Restaurant bei Kerzenlicht essen. Stattdessen treffen wir uns hier im Einkaufszentrum. Und irgendwie langweilt mich das.

Das Verrückte daran ist, dass ich meine echte Familie und die ewigen Wanderungen mit anschließendem Frühstück bei *Jinkey's* tatsächlich vermisse. Mir fehlen der Geruch von Blaubeermarmelade und die immerzu verklebten Zwillinge. Ich vermisse es sogar, mich im Auto zwischen ihre Kindersitze zwängen zu müssen und dass sie mich zu Unzeiten wecken, damit ich ihre Legokreationen bewundern kann oder ihnen dabei helfe, sich die Nase zu putzen, oder was auch immer.

Kevin sagt: »Du benimmst dich merkwürdig, Melo.«

»Sorry«, erwidere ich. »Es ist ein merkwürdiger Tag.«

»Ich rede nicht von heute. Ich meine ganz allgemein. Du verhältst dich schon seit Wochen seltsam.«

Ich weiß nicht, was ich darauf antworten soll, denn er hat ja recht, aber den Grund dafür kann ich ihm nicht nennen. Wir laufen eine Weile schweigend nebeneinander her, während ich versuche, den Moment zu genießen, und mir ins Gedächtnis rufe, dass ich den Tag im Einkaufszentrum mit meinem tollen Freund in meinem perfekten Körper als Teil meines perfekten Lebens verbringe. Ich habe alles, was ich mir jemals gewünscht habe, und trotzdem fühlt es sich anders an, als ich es mir vorgestellt hatte.

Kurz darauf begegnen wir ein paar von Kevins Surfkumpels: Sanjay, Han und Avi. Kevin klatscht sie ab. Er klatscht alle ständig ab.

»Was geht?«, fragt er.

»Wir wollen uns den neuen Film mit Vin Diesel ansehen«, erzählt Avi.

»Geil!«, sagt Kevin. Er schaut mich mit hochgezogenen Augenbrauen an, als bitte er mich um Erlaubnis mitzugehen.

»Den haben wir uns doch erst letzte Woche angesehen«, erinnere ich ihn. Aber wozu überhaupt? Das weiß er doch. Der ganze Film bestand aus einer zweistündigen Verfolgungsjagd mit unzähligen Explosionen und einem Heidenlärm. Für Kevin war es der beste Film aller Zeiten. Mir sind ständig die Augen zugefallen. Danach sind wir noch ein Eis essen gegangen, und ich wollte herausfinden, warum er den Film so toll gefunden hat, aber er hat nur gesagt: »Weil er eben toll ist.« Und ich habe immer weitergebohrt, weil ich es wirklich verstehen wollte, bis er schließlich die Nase voll hatte und gesagt hat: »Zerbrich dir nicht deinen hübschen Kopf darüber, Melody.«

Und damit war die Sache erledigt.

»Willst du ihn dir noch mal ansehen?«, will er nun von mir wissen. »Vielleicht gefällt er dir beim zweiten Mal besser?«

»Fragst du mich ernsthaft, ob ich mir diesen

Müll zwei Mal reinziehen will?«, blaffe ich und bin noch angefressener.

Seine Freunde heben die Hände und sagen lachend: »Wow, Melo ist heute nicht so *mellow*.«

Das stimmt, ich bin nicht sehr sanftmütig. Und ich will auch nicht mehr die sanfte Melody sein. Die sanfte Melody bekommt nicht, was sie will, und alle schubsen sie herum.

»Schätze, meine Alte sagt Nein«, meint Kevin.

Nachdem seine Freunde weitergezogen sind, will Kevin meine Hand fassen, aber ich ziehe sie weg.

»Was war das denn eben?«, frage ich.

»Hä?«, macht Kevin.

»Hast du mich gerade *deine Alte* genannt?«

»Ach, das war doch nur ein Spaß unter Brüdern.«

»Das sind nicht deine Brüder, sondern die Typen, mit denen du surfst.«

»Ja, aber wir sind wie Brüder«, meint Kevin.

»Weißt du was? Warum gehst du nicht mit ihnen ins Kino, wenn ihr euch so lieb habt? Ich vertreibe mir hier allein die Zeit.«

Ganz offensichtlich meine ich das nicht ernst. Ich erwarte, dass Kevin sich entschuldigt und sagt: »Wo denkst du hin, Melody? Wir wollten doch etwas zusammen unternehmen. Ich würde dich nie stehen lassen, um mit irgendwelchen Surfertypen abzuhängen. Und übrigens, es tut mir leid, dass ich zu spät gekommen bin, und du siehst klasse aus in deinem neuen Outfit.«

Aber er sagt nichts dergleichen. Stattdessen meint er: »Okay, danke.« Dann küsst er mich auf die Wange und macht sich vom Acker.

Ich stehe allein im Einkaufszentrum.

So haben wir nicht gewettet.

Ich stürme zur Tür hinaus, schließe mein Fahrrad ab und fahre heim. Wenn Kevin heute Abend bei mir vorbeikommt, werde ich ihm die Hölle heißmachen.

Aber er kommt nicht vorbei.

An diesem Abend nicht, und auch nicht am nächsten.

Genau genommen lässt er mich drei Tage lang schmoren. Und als er sich meldet? Schickt er nur eine lumpige SMS.

K: Du hast einen tollen Film verpasst.

Ich ignoriere ihn.

Melo?

Bist du da?

Hallo?

Er schickt mir Emojis mit lachenden Gesichtern, Herzen und einer Hand mit einem Blumenstrauß. Echte Blumen wären cool gewesen. Die hat mir noch nie ein Junge geschenkt, außer meinem Vater, aber der zählt nicht. Aber Emoji-Blumen? Lumpig! Ich bin überhaupt *nicht* beeindruckt.

Ich habe das alles so satt. Ich schalte das Telefon aus. Debbie ist wieder einmal ausgegangen und so schlendere ich in die Küche auf der Suche nach etwas Essbarem. Das einzig halbwegs Verlockende sind Kohl-Chips. Sie sind grün und irgendwie auch pelzig. Ich beiße ab und verziehe das Gesicht. Sie schmecken nicht. Doch etwas anderes gibt es nicht. Und wenn ich die Augen schließe und sie zerkaue, klingen sie wenigstens ein bisschen nach Kartoffelchips. Ich verputze die ganze Tüte.

Später klopft es an der Tür.

Es ist Kevin.

»Was willst du?«, frage ich.

»Ich wollte nur mal nachschauen, ob alles okay ist. Du hast dich eine Weile nicht gemeldet.«

»Ich fasse es nicht, dass du mich im Einkaufszentrum abserviert hast«, sage ich.

»Abserviert? Ich habe dich doch gefragt, ob du mitkommst.«

»Und ich wollte nicht!«

»Richtig, aber ich schon«, meint Kevin schulterzuckend. »Also hatten wir beide etwas davon.«

»Das hatten wir nicht. Wir hatten Pläne. Wir wollten etwas zusammen unternehmen.«

»Das können wir ja jetzt.« Kevin lächelt und will mich abklatschen, aber ich übersehe seine erhobene Hand geflissentlich.

»Nein, danke«, sage ich. »Ich bin es irgendwie leid.«

»Ich fahre morgen zum Surfen«, erzählt er. »Willst du mir zuschauen?«

Das will ich eigentlich nicht. Ich will, dass Kevin ein anderer ist. Ich will, dass er der Junge ist, für den ich ihn hielt, bevor ich ihn kennengelernt habe. Aber darum kann ich ihn ja schlecht bitten.

Melody

Hunde im Weltall

Ich weiß nicht, warum, aber ein paar Tage später wache ich auf und denke wieder an das *Color Me Lovely*. Nicht wirklich an das Geschäft. Ich denke an meinen Servierteller.

Man kann die Gegenstände, die man im *Color Me Lovely* bemalt hat, nicht gleich mit nach Hause nehmen. Alles wird glasiert und gebrannt, damit es haltbar wird. Und das kann Tage oder manchmal sogar eine Woche dauern. Katie und ich konnten unsere Teller erst am Samstag darauf abholen.

Ich erinnere mich an den Moment, als ich mit stolz geschwellter Brust mein fertiges Werk betrachtete.

Katies Mom hatte uns an jenem Tag zum Einkaufszentrum gefahren, und ich konnte sehen, dass sie von meinem Teller beeindruckt war. »Der ist ganz außergewöhnlich«, sagte sie. »Du hast wirklich Talent, Melody.«

»Schau dir mal meinen an«, mischte sich Katie ein, drängelte sich vor mich und drückte ihrer Mutter den einfachen blauen Teller in die Hand.

»Ach, der ist auch schön«, meinte Anya. »Das ist eine hübsche, klassische Farbe. Wir können den Teller gut gebrauchen.«

Anya zwinkerte mir zu, als ob wir ein Geheimnis teilten. Und so war es ja auch. Vielleicht ist das gemein und eitel, ich weiß es nicht. Aber ich war so daran gewöhnt, dass Katie mit allem besser zurechtkam – mit der Schule, dem Klavier und dem Leben im Allgemeinen. Sie bekam immer, was sie wollte, und drückte sich nie davor, für ihre Ziele einzutreten. Es bedeutete mir viel, zu wissen, dass mein Teller besser war. Dass Anya mich für begabt hielt.

An jenem Abend nahm ich den Teller mit nach Hause und zeigte ihn meinen Eltern beim Abendessen. Damals aßen wir abends gelegentlich noch gemeinsam.

Die beiden bewunderten den Teller mit vielen *Ohs* und *Ahs*, als ob er das Beste wäre, was ich je zustande gebracht hätte. Und das entsprach der Wahrheit.

»Der ist unglaublich«, lobte mich Mom. »Hübsch. Ich bin so stolz auf dich, Melody.«

»Vielleicht wird mal eine Künstlerin aus dir«, sagte Dad.

Kyle lachte und meinte: »Den hat sie vermutlich mit Schablonen gemacht. Er ist viel zu perfekt.«

»Ich habe keine Schablonen benutzt«, antwortete ich gereizt, obwohl ein kleiner Teil von mir sich tierisch darüber freute, dass er glaubte, die Bilder seien so gut.

»Ist ja auch egal«, murmelte Kyle, mürrisch wie gewöhnlich.

Meine Mom sagte: »Der Teller ist so oder so hübsch, Melo. Deine Farbauswahl ist wunderschön. Du hast ein tolles Gespür dafür. Vielleicht sollten wir das Wohnzimmer in diesen Farben streichen.«

»Ich habe keine Schablonen verwendet«, wiederholte ich, aber keiner schenkte mir mehr Beachtung.

Meine Eltern diskutierten wieder über die Renovierung der Küche und wohin wir Weihnachten fahren sollten – noch einmal nach Hawaii oder zum Skiurlaub nach Jackson Hole?

Jemand stellte den Teller ganz hinten in den Schrank, wo er auf Nimmerwiedersehen verschwand.

Ich weiß nicht, warum mir das jetzt immer wieder in den Sinn kommt. Vielleicht, weil mein Leben als Katie so viel besser ist. Ich bin die Ältere und habe zwei Brüder, die ganz allerliebst sind.

Es ist sechs Uhr morgens, und ich kann hören, wie sie unten »Hunde im Weltall« spielen. Das Spiel haben wir gestern Abend erfunden. Die Jungs tun so, als wären sie Hunde in einem Raumschiff, und sausen durch das Weltall auf der Suche nach gigantischen Atomknochen. Als wir es das erste Mal gespielt haben, war es ja ganz lustig, aber so früh morgens? Eher nicht.

Ich drehe mich um und vergrabe meinen Kopf unter dem Kissen. Doch ich kann sie trotzdem bellen hören, wenn auch nicht mehr ganz so laut. Und obwohl sie mich geweckt haben, freue ich mich, dass sie mit den Hundemasken spielen, die ich ihnen gestern gebastelt habe. Ich zeichne gern Hunde. Ich zeichne gern. Punkt.

Kurz darauf öffnet sich meine Tür einen Spalt und Anya steckt den Kopf herein.

»Hey, Katie? Macht es dir etwas aus, nach unten zu gehen und den Jungs zu sagen, sie sollen damit aufhören? Sie machen viel zu viel Lärm und gestern Abend ist es wirklich spät geworden.«

Ich setze mich völlig verdattert und sprachlos in meinem Bett auf. Ich weiß, dass es gestern spät geworden ist. Ich habe auf die Zwillinge aufgepasst. Wieder einmal. Ohne Bezahlung!

Und ich hatte auch einen langen Abend. Ich bin vor dem Fernseher eingeschlafen, obwohl ich nicht hätte fernsehen dürfen, wie Anya und Jeff mich wissen ließen, als sie mich geweckt hatten.

Ein wenig fernzusehen, sollte mir doch gestattet sein. Es sind Sommerferien. Ich habe fünf Abende hintereinander Babysitterin gespielt. Und ich bin auch müde. Auch ich habe ein Recht auf Schlaf. Ryan und Reese sind nicht meine Kinder.

Ich bin ja eigentlich selbst fast noch ein Kind. Ich brauche Erholung. Aber nichts davon sage ich. Stattdessen schlage ich die Decke zurück und pilgere nach unten.

»Hey, Jungs?«, flüstere ich. »Wir spielen ein neues Spiel. Es heißt *Superleise Hasen.*«

Katie

Kyle kommt heim

Es ist der erste August und Kyle unterbricht seinen Sommerkurs. Er ist zwei Tage zu Hause, und ich bin ganz aufgeregt, weil es hier so einsam ist. Besonders, seit Kevin und ich nicht mehr miteinander reden. Wir hatten gestern Abend eine Auseinandersetzung, weil er nicht der Freund ist, der er sein sollte. Und ihm zufolge habe ich mich auch sehr verändert. Ich musste so tun, als hätte ich keinen blassen Schimmer, wovon er spricht, aber natürlich weiß ich es genau.

Ganz offensichtlich bin ich nicht die sanfte Melody. Aber ich sehe so aus wie sie, rede wie sie und wohne in ihrem Haus. Alle anderen habe ich täuschen können und auch Kevin hat keine Ahnung. Zumindest hoffe ich das. Ich weiß nicht, was passiert, wenn jemand von unserem Tausch erfährt. Nichts Gutes, da bin ich mir sicher. Also kommt es mir sehr gelegen, dass Kevin und ich uns eine Auszeit nehmen.

Debbie und ich preschen auf der Autobahn zum Flughafen, um Kyle abzuholen. Weil die Musik so laut dröhnt, versuchen wir gar nicht erst, ein Gespräch anzufangen. Debbie ist richtig mies gelaunt, und ich habe Angst, auch nur den leisesten Mucks von mir zu geben. Ich habe gehört, wie Debbie sich an diesem Morgen lautstark mit Melodys Dad am Telefon gestritten hat, weil er immer noch nicht zu Hause ist. Nachdem sie aufgelegt hatte, habe ich sie gefragt, ob alles in Ordnung ist. Sie hat nur ein kurzes »Ja« hervorgebracht und wollte nicht darüber reden. Vermutlich hätte ich mich nicht einmischen sollen. Ich hätte so tun sollen, als ob ich nichts gehört habe.

Als wir zum Flughafen kommen, steht Kyle an der Bordsteinkante neben einem glänzenden silbernen Koffer. Er trägt Jeans und ein Hemd. Sein Haar ist zurückgegelt und die Sonnenbrille völlig überdimensioniert. Bei manchen würde das süß und trendig aussehen, aber Kyle sieht aus wie ein Statist bei einer Neuverfilmung von »Die Rache der Eierköpfe«. Er wirkt jünger, als ich ihn in Erinnerung hatte, und nicht gerade glücklich, vielleicht, weil wir viel zu spät kommen.

Ich springe aus dem Auto, sobald Debbie eingeparkt hat, und schlinge die Arme um ihn. »Kyle!«, rufe ich. »Tut mir leid, dass du warten musstest, Brudi. Wie schön, dich zu sehen.«

Er erwidert meine Umarmung nicht und ist völlig von den Socken. »Wie hast du mich gerade genannt?«, fragt er.

»Brudi«, antworte ich. Dann weiche ich zurück, denn Melody hätte sich ganz offensichtlich nicht so verhalten. Trotzdem entfährt es mir: »Du hast mir gefehlt.«

»Warum?«, will er wissen. »Du brauchst doch gerade keine Hilfe bei den Hausaufgaben. Soweit ich weiß, sind immer noch Sommerferien. Es sei denn, du hast die siebte Klasse nicht geschafft und musst über den Sommer nachsitzen.«

Ich weiß nicht genau, ob Kyle das spaßig meint. Falls ja, ist es nicht lustig. Falls nicht, ist es ziemlich gemein. Wie dem auch sei, mir fällt keine gute Antwort ein.

Debbie ist auch ausgestiegen und öffnet den Kofferraum. Sie muss gehört haben, was er zu mir gesagt hat, und ich erwarte, dass sie mir zur Seite springt, doch sie sagt nur: »Willkommen zu Hause, Kyle.«

Dann beugt sie sich vor und drückt ihm einen flüchtigen Kuss auf die Wange.

Debbie und Kyle sind gleich groß und haben auch die gleiche Augenfarbe - eiskaltes Blau.

Kyle hievt sein Gepäck in den Kofferraum, obwohl es dort kaum hineinpasst.

Debbie knallt den Kofferraum zu, setzt sich wieder auf den Fahrersitz und lässt mich und Kyle auf dem Bordstein zurück.

Ich warte darauf, dass Kyle hinten einsteigt.

Kyle wartet darauf, dass ich auf den Rücksitz klettere.

»Ich habe gerade einen sechsstündigen Flug in der Economy Class hinter mir. Ich sitze vorn«, sagt Kyle. Das ist ein Argument, aber er muss ja deshalb nicht gleich so pampig werden.

»Warum bist du so gemein?«, frage ich.

Kyle schaut mich völlig entgeistert an. »Ich bin immer so«, entgegnet er.

Ich bin mir nicht sicher, was ich darauf erwidern soll. Ich habe gewusst, dass Melody und Kyle sich nicht gut verstehen, aber mir war nicht klar, dass es so schlimm um die beiden steht.

»Könnt ihr aufhören, euch zu streiten, und einsteigen?«, erkundigt sich Debbie. »Wir müssen auf die Autobahn, bevor der Berufsverkehr einsetzt.«

Ich schnaube verärgert und zwänge mich auf den Rücksitz. Kyle und Melody haben sich nie sehr nahe gestanden. Kyle ist der rätselhafte, geniale große Bruder und macht sein eigenes Ding. Aber ich verstehe nicht, warum er so eklig sein muss. Das ergibt doch keinen Sinn. Melody ist seine kleine Schwester und er hat sie – mich – seit einer Ewigkeit nicht mehr gesehen.

Debbie fragt: »Wie läuft das Studium?«, während sie ausparkt.

»Gut«, antwortet Kyle. Dann dreht er das Radio

laut, zieht sein Handy heraus und fängt an, Nachrichten zu schreiben.

»Äh, gehen wir heute Abend essen oder bleiben wir zu Hause?«, will ich wissen. Ich hoffe, wir gehen aus. In Melodys Haus gibt es einfach nichts Genießbares. Andererseits, wenn wir essen gehen, beobachtet mich Debbie wie ein Luchs und hat andauernd etwas an meiner Bestellung auszusetzen. Es ist quasi die Wahl zwischen Pest und Cholera.

»Ich habe keinen Hunger«, sagt Debbie. »Ihr könnt machen, wonach euch der Sinn steht.«

»Ich habe schon etwas vor«, meint Kyle.

Als wir zu Hause sind, geht Kyle in sein Zimmer und knallt die Tür hinter sich zu. Debbie geht in ihr Zimmer und tut es ihm nach. Da ich Hunger habe, laufe ich in die Küche und durchwühle die Schränke auf der Suche nach etwas Leckerem. Wie gewöhnlich finde ich nichts, worauf ich wirklich Appetit hätte – nur Päckchen mit Chia-Samen, Quinoa und braunem Reis. Zum Glück steht im Kühlschrank versteckt hinter der Staudensellerie ein verführerisch aussehender Präsentkorb. Ich nehme ihn heraus, packe ihn aus und stoße auf Cracker und eine Ecke geräucherten Cheddarkäse. Genial!

Bald gesellt sich Debbie zu mir in die Küche. »Willst du einen?«, frage ich und halte ihr die Schachtel mit den Crackern hin.

»Nein, danke«, lehnt sie ab und setzt sich mit

einer Zeitschrift an die Küchentheke. »Und iss nicht zu viele davon.«

»Mach ich nicht«, sage ich mit vollem Mund.

Debbie verdreht die Augen.

Dann passiert etwas total Verrücktes. Nick, Melodys Dad, erscheint auf der Bildfläche und küsst mich auf den Kopf. »Hey, Süße. Wie geht's?«

»Super«, antworte ich. Und warte auf eine weitere Frage oder etwas in der Art, denn er ist die ganzen Sommerferien über nicht zu Hause gewesen. Das ist das erste Mal, dass ich ihn sehe. Aber es kommt keine weitere Frage.

Er und Debbie begrüßen sich nicht einmal. Plötzlich herrscht in der Küche ein eisiges Klima.

Einen Moment später steht Debbie auf, läuft zum Treppenabsatz und ruft: »Kyle, dein Vater ist zu Hause!«

Kyle kommt die Treppen hinunter, und er und sein Dad geben sich die Hand und tauschen ein paar Nettigkeiten aus. Jetzt sind wir alle beisammen in der Küche. Doch Nick hat Debbie immer noch kein Begrüßungsküsschen gegeben und sie nimmt kaum Notiz von seiner Anwesenheit. Sie blickt nicht einmal von dem Modemagazin auf, das sie durchblättert.

»Debbie, ich schaffe es heute Abend nicht zum Essen, okay? Ich bin fix und fertig«, entschuldigt sich Nick.

»Kyle hat ohnehin andere Pläne, aber denk daran, dass er nur zwei Tage bleibt«, erwidert Debbie.

»Lass uns morgen gehen«, sagt Nick und löst die Krawatte. »Ich reserviere uns einen Tisch in einem guten Restaurant.«

»Morgen kann ich auch nicht«, sagt Kyle.

Er nimmt eine Handvoll Cracker und schiebt sie sich in den Mund. Dann verputzt er den Rest Käse. Debbie beobachtet ihn dabei, aber ihn ermahnt sie nicht, mit Kohlenhydraten sparsam umzugehen. Sie verliert kein Wort über das, was er isst, und das ärgert mich.

Nick verzieht den Mund zu einem Lächeln, das steif und breit ist, als ob er Schmerzen hätte. »Wie läuft das Studium?«

»Gut«, erwidert Kyle.

»Hältst du den Notendurchschnitt?«

»Klar«, sagt Kyle. Er schaut auf sein Handy und schenkt seinem Dad kaum Beachtung, aber das scheint niemanden zu stören.

Kurz darauf bekommt Nick einen Anruf und läuft aus dem Zimmer, um in Ruhe zu telefonieren.

Auch alle anderen verlassen den Raum.

Ich verspeise die letzten Cracker und gehe dann nach oben in Melodys Zimmer. Dort herrscht jetzt ein ziemliches Chaos, worüber Debbie ganz und gar nicht glücklich ist. Aber mir gefällt es – so wirkt der Raum bewohnter. Das ganze Haus wirkt zu perfekt, wenn man bedenkt, wie unvollkommen hier alles ist. Melody hat mir nie erzählt, wie es bei ihr zu Hause wirklich zugeht. Vielleicht hat sie es versucht, aber ich wollte nichts davon hören. Ich war so überzeugt, dass sie es besser getroffen hat als ich, weil sie so hübsch ist und so viele schöne Sachen hat. Ich hatte ja keine Ahnung, wie ihr Leben tatsächlich aussieht.

Ich werfe einen Blick in den großen Spiegel, der an der Tür des Wandschranks hängt. Meine blonden Locken sind seidenweich und elastisch. Ich habe große grüne Augen und einen kurvenreichen, erwachsenen Körper. Ich verstehe jetzt, warum das ein Problem sein kann. Die Menschen achten nur auf Äußerlichkeiten. Aber ich habe viele innere Werte und Melody auch. Sie ist klug, künstlerisch begabt, und sie hält diese kaputte Familie zusammen. Wie schafft sie es, immer so fröhlich, nett und optimistisch zu sein? Das würde ich sie gern fragen.

Ich höre einen Donnerschlag, der das ganze Haus erschüttert.

Als ich hinausblicke, sehe ich Blitze, höre weitere Donnerschläge, und dann setzt der Regen ein – es gießt wie aus Eimern.

Als wir klein waren, rannte Melody immer nach draußen, wenn es regnete, und brachte Schnecken und Regenwürmer in Sicherheit. Sie versteckte sie unter Hecken und an allen möglichen anderen Orten. Das mache sie, um sie vor Kyle zu beschützen, sagte Melody. Er trat auf die Tiere, um zu hören, wie ihre Panzer barsten, und um zu sehen, wie ihr Schleim an seinen Schuhen klebte. Ich habe immer gedacht, sie macht Witze. Aber nun bin ich mir nicht mehr so sicher.

Kyle ist zwar mittlerweile erwachsen, aber er wirkt immer noch wie einer von der Sorte, die zum Spaß Schnecken zerquetscht. Ich frage mich, warum Melody mir nie erzählt hat, wie schlimm es wirklich ist. Wie gemein ihr Bruder sein kann und wie neurotisch ihre Mom. Und dass ihr Vater einfach nie da ist …

Es ist kalt hier und damit meine ich nicht die Temperatur. Heute Abend sind alle zu Hause. Und doch ist es mucksmäuschenstill. Jeder hockt in seinem Zimmer, niemand spricht miteinander oder unternimmt etwas gemeinsam. Das ist komisch und ich fühle mich wie in einem Käfig. Gefangen in Melodys Körper.

Ich vermisse den Geruch von Erdnussbutter und Blaubeermarmelade. Ich würde mir jetzt gern selbst so ein Brot schmieren, aber hier gibt es keine Marmelade. Sie enthält zu viel Zucker.

Ich kann die grünen Smoothies zum Frühstück nicht mehr sehen.

Ich möchte etwas Richtiges essen, aber darum geht es eigentlich gar nicht.

Ich weiß, dass ich mich über Melody und ihre Pseudoprobleme lustig gemacht habe, aber nun erkenne ich, wie ungerecht ich gewesen bin. Ihre Probleme sind echt und zu allem Übel sind ihre Probleme nun meine.

Während ich hinaus in den Regen starre, merke ich, dass ich den Tränen nahe bin.

Ich vermisse die echte Melody.

Auch Mom, Jeff, Reese und Ryan fehlen mir.

Ich vermisse mein chaotisches, unvollkommenes Leben.

Und ich will nur noch eins – nach Hause.

Melody

Zurück im Bus

Die Zwillinge wollen unbedingt wieder mit mir an den Strand, obwohl ich erst vor vier Tagen mit ihnen dort war. Mir fehlt die Energie, um mich mit ihnen zu streiten. Nicht heute. Ich liebe die Kleinen, aber sie sind fordernd und anstrengend, und ich brauche etwas Zeit für mich, weil sie mich wahnsinnig machen. Anya und Jeff auch. Es ist schön, Teil einer großen, glücklichen Familie zu sein, aber die Millers sind auch nicht vollkommen. Keine Familie ist das. Meine eingeschlossen und trotzdem vermisse ich sie.

Ich will heute allein mit dem Bus zur Crescent Moon Bay fahren und dort einen ausgedehnten Spaziergang unternehmen. Am Strand geht es mir immer besser und der Sommer neigt sich praktisch dem Ende zu.

Als ich in den Bus steige, treffe ich zu meiner Überraschung jemanden auf meinem Stammplatz an. Mich. Ich meine, Katie in meinem Körper.

Sobald Katie mich erblickt, schenkt sie mir ein zaghaftes Lächeln.

»Hey. Wartest du auf Kevin?«, frage ich.

»Nein«, sagt sie und schaut aus dem Fenster. »Ich bin allein unterwegs.«

»Oh. Ich auch.« Ich stehe verlegen herum und sollte wahrscheinlich weitergehen und mir einen Platz suchen, aber ich will nicht.

»Äh, willst du dich setzen?«, bietet sie an und nimmt ihren Rucksack vom Sitz.

Während ich mich niederlasse, überkommt mich eine Woge der Erleichterung.

Es ist komisch, neben Katie im Strandbus zu sein. Es fühlt sich an wie zu Beginn der Sommerferien, abgesehen von der Tatsache, dass wir unseren Körper getauscht haben. Sonst ist alles wie früher. Der Bus riecht immer noch nach alter Salami und abgestandenem Schweiß und meine Schenkel kleben bereits am Sitz fest. Der Regen von letzter Nacht hat den Dunst vertrieben, sodass ich die Berge in der Ferne sehen kann. Ich habe Katie vermisst, wird mir bewusst. Und ein Abenteuer verpasst, das wir erlebt hätten, wenn wir uns nicht zerstritten hätten.

Während der Bus ausparkt, frage ich: »Wie ist es dir ergangen?«

Ich erwarte, dass Katie sich damit brüsten wird, wie toll sie ist und wie unglaublich gut ihr mein Leben gefällt. Aber nichts dergleichen.

Stattdessen fängt sie an zu weinen.

Katie

Ängste und Nöte

Als ich Melody in meinem Körper sehe, steigt mir ein Kloß in die Kehle, und ich bin auf einmal superemotional.

»Was ist denn?«, fragt sie besorgt.

»Nichts«, sage ich. Ich will mir die Tränen wegwischen, aber es kommen immer wieder neue nach, und das ganz schnell. »Alles! Ich bin so froh, dich zu sehen.« Ich umarme Melody fest. Ich zittere und kann nichts dagegen tun. »Können wir wieder Freundinnen sein? Du hast mir so gefehlt. Es tut mir leid, dass ich dich herumkommandiert habe. Es tut mir leid, dass ich dir dein perfektes Leben vorgehalten habe. Es ist gar nicht so toll.«

Sie weicht zurück und starrt mich an. »Was ist denn passiert?«, will sie wissen.

Ich erzähle ihr alles – von den Trainings- und Einkaufsmarathons, dem schrecklichen Besuch von Kyle und Kevins Lippenbalsam-Küssen mit Kirschgeschmack und seiner Versessenheit aufs Surfen. Sie lauscht stumm meinen Klagen über ihre Welt. Und dann bekomme ich ein schlechtes Gewissen, weil ich praktisch über jedes Detail ihres Lebens herziehe.

»Nimm's mir nicht übel«, sage ich rasch. »Ich will mich eigentlich entschuldigen. Ich wünschte, ich hätte dich früher verstanden.«

Melody schüttelt den Kopf. »Nein, es tut gut, das zu hören. Ich habe dir ja gesagt, dass mein Leben absolut nicht so toll ist.«

»Du hast es versucht, aber ich wollte es nicht wahrhaben. Und hab mich auch noch blöd benommen. Es tut mir so leid, Melo.«

Sie lächelt und sagt: »Ist schon in Ordnung, Katie. Ich muss gestehen, du zu sein, ist auch kein Zuckerschlecken. Ryan und Reese rauben einem den letzten Nerv. Und du hast mir auch nie erzählt, wie oft du auf sie aufpassen musst. Und dass du nicht einmal dafür bezahlt wirst.«

»Das war mir peinlich«, erkläre ich und rutsche auf meinem Sitz herum. »Vielleicht stimmt ja mit meiner Mom und Jeff irgendetwas nicht, weil sie mich so oft darum bitten. Oder vielleicht stimmt auch mit mir was nicht, weil ich mich so darüber aufrege.«

»Ab und zu wäre ja in Ordnung, aber deine Mom bittet dich ja jeden Tag darum, die Kleinen zu hüten«, meint Melody.

»Ich weiß.«

»Und die Zwillinge sind noch vor dem Morgengrauen wach.«

»Ich weiß!«

»Und sie sind so laut. Außerdem zanken sie sich ständig«, fährt Melody fort.

Ich nicke und starre aus dem Fenster. Der Bus schlängelt sich durch die Schlucht und fährt auf den Tunnel zu. »Ja, du hast recht mit allem, was du sagst, und trotzdem habe ich Sehnsucht nach meinem alten Leben.«

»Ich auch«, sagt Melody. Sie schaut mich nervös an. »Äh, wollen wir zurücktauschen?«

»Moment mal, wie bitte?« Ich bin völlig baff und weiß nicht, was ich sagen soll. Bin ich schon bereit für mein altes Leben? Bereit, in mein kleines, chaotisches Zuhause zurückzukehren? Bereit, mich wieder um die Zwillinge zu kümmern und nicht mehr ganz so umwerfend zu sein? Und merkwürdigerweise glaube ich, dass ich es bin. »Meinst du, wir können überhaupt zurücktauschen?«, grüble ich.

Sie zuckt die Schultern. »Einen Versuch ist es wert, oder? Ich meine, wir können es ja probieren. Wenn wir beide es wollen, sollte es eigentlich funktionieren.«

»Okay«, sage ich und zapple auf meinem Sitz herum. »Probieren wir es.«

Melody ergreift meine Hand und drückt sie fest. Das fühlt sich gut an. Hoffnungsvoll. Wir nähern uns dem Tunnel und das könnte der entscheidende Moment sein.

»Bist du so weit?«, fragt sie.

Ich nicke, schließe die Augen, halte den Atem an und wünsche mir mit aller Macht, wieder ich selbst zu sein.

Im Tunnel ist es kühl, mich durchfährt ein Schauer, und ich bekomme sogar eine Gänsehaut. Dann spüre ich wieder das vertraute Prickeln. Etwas ruckt und verändert sich. Die Zeit verstreicht schneller. Der Bus brettert weiter. *Es funktioniert, es funktioniert, es funktioniert.*

Das wünsche ich mir zumindest.

Ich spüre jemanden neben mir, und ich hoffe, dass es Melody ist.

Kurz darauf fühle ich die Wärme der Sonne. Als ich mir ganz sicher bin, dass wir den Tunnel hinter uns gelassen haben, öffne ich die Augen und atme durch.

Vor mir sehe ich die Sonne, den Himmel und die Crescent Moon Bay in all ihrer Pracht. Der Sand und das Meer – der Zauber des Strands liegt direkt vor uns.

Aber noch viel besser ist, dass ich meine beste Freundin Melody sehe. Sie sitzt neben mir, ihre Augen leuchten aufgeregt, und sie lacht über das ganze Gesicht.

Und das erste Mal in all den Jahren sehe ich sie, wie sie wirklich ist.

Melody

Abschied vom Sommer

Es ist der letzte Tag der Sommerferien – wieder einmal! Und mir ist, als gäbe es noch so viel zu tun, so viel zu erledigen. Katie und ich haben die Fahrräder mit an den Strand genommen und sausen den Weg entlang. Der Wind spielt mit meinen Haaren, und wir fahren so schnell, dass das Leben am Strand wie im Zeitraffer an uns vorbeisaust: Kinder mit roten Eimern, gebräunte Frauen mit Sonnenhüten, alte Männer mit behaarten Bäuchen, Rollschuhfahrer in Elastan-Klamotten, Jogger in Muskel-Shirts, Skater, Surfer und Hunde. Ich sehe sogar eine große Echse an einer Leine. Frisbees schwirren durch die Luft und auch Fußbälle. Ich liebe das: die salzige Luft, die Sommersonne, das glitzernde Meer und den Zauber. Na ja, den Zauber eher nicht. Von dem ganzen Hokuspokus habe ich erst einmal die Nase voll. Das normale Leben ist schon kompliziert genug.

Nach einer Weile biegt Katie vom Weg ab und springt von ihrem Fahrrad. Ich folge ihr, und wir schließen unsere Räder am nächsten Ständer an, streifen die Schuhe ab und laufen auf die Wellen zu.

Als wir knöcheltief im Wasser stehen, halten wir inne und blicken über das Meer. Die Sonne beginnt zu sinken und der Himmel glüht orangerot.

»Ich kann nicht glauben, dass wir morgen in die achte Klasse kommen«, sagt Katie.

Ich sage nichts, weil ich mir das ganz gut vorstellen kann. Obwohl ich Angst habe und aufgeregt bin, bin ich bereit dafür. Ich atme tief ein. »Das ist so wunderschön, dass ich es gern malen würde«, sage ich. »Alles auf einer großen Leinwand einfangen und an meine Wand hängen.«

»Abgesehen davon, dass dir deine Mom das niemals erlauben würde«, ruft Katie mir ins Gedächtnis.

Ich schüttle den Kopf. »Ihr bleibt nichts anderes übrig. Ich habe ihr gesagt, dass ich renoviere. Der Rest vom Haus gehört ihr, aber über mein Zimmer bestimme ich.«

Katie zieht die Augenbrauen hoch und schaut mich völlig entgeistert an. »Und Debbie hat sich tatsächlich darauf eingelassen?«

»Musste sie«, sage ich mit einem breiten Grinsen. »Ich habe ihr gesagt, dass ich keine Lust mehr zum Shoppen habe und ein echtes Hobby brauche. Und dass es okay ist, hin und wieder Sport zu machen, aber dass ich mich nicht mehr an ihren verrückten Workouts beteiligen werde. Besonders Samstagmorgens, denn da habe ich mich für einen supertollen Kunstkurs im Stadtzentrum angemeldet.«

»Das klingt nicht nach der sanften Melody«, meint Katie beeindruckt.

Ich zucke die Schultern. »Ja, wie sich herausgestellt hat, kann man auch *zu* nachgiebig sein, und das passiert mir nicht noch einmal.«

»Cool. Wann fängt der Kurs an?«, will Katie wissen.

»Nächste Woche. Ich kann es kaum erwarten! Hey, willst du auch mitmachen? Oder musst du babysitten?«

Katie schüttelt den Kopf. »Nein, danke. Kunst ist nicht so mein Ding. Aber umsonst auf die Zwillinge aufzupassen, auch nicht. Mom und Jeff haben mir versprochen, einen Babysitter für die Jungs zu engagieren. Und wenn ich die beiden doch einmal hüten muss, werde ich von nun an dafür bezahlt.«

»Das ist toll«, sage ich. »Sag ihnen, sie sollen mich anrufen. Ich spiele jederzeit gern mit den beiden.«

»Jederzeit?«, erkundigt Katie sich stirnrunzelnd.

»Na ja, vielleicht nicht jederzeit, aber hin und wieder schon. Die beiden fehlen mir.«

»Hey, wollen wir zu den Fahrrädern zurückrennen?«, fragt Katie.

Bevor ich ihr antworten kann, sprintet sie den Strand hoch und ist schon fast da.

Eine Stunde später steigen wir wieder in den Bus. Es ist der letzte am Tag, unsere letzte Fahrt in den Sommerferien.

»Ich kann nicht fassen, dass es vorbei ist«, sagt Katie und lehnt sich zurück, während sie sich einen Zopf bindet.

»Na ja, zumindest haben wir zwei Sommerferien zum Preis von einem bekommen«, erinnere ich sie.

»Dank des Tunnels«, flüstert Katie, als der Bus sich in Bewegung setzt. »Ich möchte mal wissen, ob es noch einmal funktionieren würde. Vielleicht sollten wir uns noch etwas wünschen.«

»Du hast sie doch nicht alle«, sage ich und schüttle den Kopf. »Komm bloß nicht auf dumme Gedanken. Ich will die Ferien nicht ein drittes Mal wiederholen und ich will auch nicht wieder den Körper tauschen.«

»Ich doch auch nicht«, beruhigt mich Katie. »Ich meine ja bloß ... Wir könnten uns doch auch etwas anderes wünschen.«

»Was denn?«, frage ich.

»Na ja, wir wissen, dass der Tunnel magisch ist, aber *wie* magisch ist er wirklich? Können wir uns alles wünschen? Zum Beispiel den perfekten Freund?«

»Du hast doch gedacht, Kevin wäre der perfekte Freund«, spotte ich.

»Ich weiß. Ich sollte meine Lektion gelernt haben. Er ist ein süßer Typ, aber als Kumpel besser geeignet. Und nicht einmal als besonders guter. Nur einer, den man auf dem Gang grüßt und neben dem man gelegentlich mal in der Mensa sitzt. Ich habe dir also eigentlich einen Gefallen getan, als ich ihm den Laufpass gegeben habe«, sagt Katie.

Ich lache auf. »Äh, so weit würde ich nicht gehen. Das hätte ich vermutlich selbst in die Hand nehmen sollen, wo wir doch Nachbarn sind.«

Katie zuckt zusammen und rutscht auf ihrem Sitz herum. »Stimmt. Das könnte komisch werden. Es tut mir leid. Geht er dir immer noch aus dem Weg?«

Ich schüttle den Kopf. »Nein, zerbrich dir darüber nicht den Kopf. Wir haben uns gestern Abend getroffen. Nur so, als Freunde. Kevin ist immer noch über meinen Persönlichkeitswandel in den Sommerferien entsetzt, aber am Ende haben wir uns gut verstanden. Ich glaube, er ist einfach nur erleichtert, dass ich mich wieder wie die alte Melody verhalte. Nicht böse gemeint.«

»Ist schon okay«, sagt Katie. »Aber du hast recht. Vielleicht sollten wir uns einfach ein tolles achtes Schuljahr wünschen.«

Ich denke einen Moment darüber nach. »Aber das kann alles bedeuten ...«

Sie lächelt mich verschmitzt an. »Eben!«

Ich kaue auf meiner Unterlippe herum. »Ich weiß

nicht. Ich finde es beunruhigend, mir nichts Genaues zu wünschen. Vielleicht sollten wir auf Nummer sicher gehen und mit weit geöffneten Augen durch den Tunnel fahren.«

»Das wäre reine Verschwendung!«, meint Katie.

Ich kichere. »Eigentlich nicht. Denk doch mal an unseren letzten Wunsch und wie schwierig der Sommer war. Und ab morgen fährt der Strandbus nicht mehr. Das heißt, was auch immer wir uns wünschen, wir müssen damit bis zum nächsten Sommer klarkommen.«

»Es sei denn, die Zauberkräfte des Tunnels funktionieren auch, wenn man nicht im Bus sitzt«, sagt Katie.

»Das werden wir wohl nie erfahren. Sollten wir aber nicht lieber vorsichtig sein und uns nicht wieder in irgendeinen Schlamassel reiten?«

Katie sinnt eine Minute darüber nach. »War der Sommer denn wirklich so ein Reinfall? Womöglich hat unser Wunsch perfekt funktioniert. Ich meine, schau doch, wir sind wieder beste Freundinnen.«

»Stimmt.« Ich nicke. »Wir haben bekommen, was wir wollten, und sollten uns damit zufriedengeben. Aufhören, wenn es am schönsten ist.«

Katie blickt auf die Straße vor uns. »Weiß nicht. Es ist immer Luft nach oben.«

Der Tunnel liegt direkt vor uns, und ich fürchte, dass Katie etwas Dummes anstellen wird.

»Lass uns einfach versuchen, gut durch das nächste Jahr zu kommen«, bitte ich.

Katie lächelt und erklärt sich einverstanden, aber ich merke, dass sie es nicht so meint. Sie führt etwas im Schilde. Es hat keinen Sinn, ihr das auszureden - sie ist zu stur. Wir sind im Tunnel, und sie presst die Augen zusammen und hält den Atem an.

Ich habe ein flaues Gefühl im Magen. Es ist dunkel, und ich spüre, dass sich unsere Welt gleich wieder verändern wird. Ich sollte wohl meine Augen ebenfalls schließen, den Atem anhalten und Katies Wunsch annullieren, aber das fällt mir erst ein, als es zu spät ist.

»Was hast du dir gewünscht?«, will ich wissen, als wir aus dem Tunnel heraus sind. »Hat sich dein Wunsch erfüllt?«

»Ich glaube schon«, sagt Katie. »Aber es ist viel zu früh, um das zu beurteilen.«

»Willst du mir nicht sagen, was du dir gewünscht hast?«, bitte ich.

Katie schüttelt den Kopf und grinst wie verrückt. »Dann macht es ja keinen Spaß!«

Nun bekomme ich es mit der Angst zu tun. »Katie, was hast du getan?«

Doch sie will mir nichts Genaues sagen.

Da nützt kein Bitten und kein Flehen.

Sie verrät kein Sterbenswörtchen.

Sie sagt nur: »Das wirst du schon noch sehen!«

Dank

Ein besonderer Dank geht an Janine O'Malley, Laura Langlie, Rachel Cohn, Morgan Matson, Coe Booth, Jenny Han und Daniel Ehrenhaft.

Autorin

Leslie Margolis ist die Autorin zahlreicher Bücher für Kinder und Jugendliche, die bereits in mehrere Sprachen übersetzt wurden. Wenn sie gerade nicht schreibt oder liest, erkundet sie gerne fremde und vertraute Städte, schwimmt in Seen oder Meeren, fährt Fahrrad, spielt Tischtennis oder lässt es sich einfach mit ihren Kindern gut gehen. Sie lebt mit ihrer Familie in Los Angeles.

Übersetzerin

Christiane Wagler studierte Übersetzungswissenschaft in Leipzig, Edinburgh und Bilbao. Sie hat zahlreiche Bücher für Kinder, Jugendliche und Erwachsene aus dem Englischen ins Deutsche übertragen und ist zudem als Filmuntertitlerin, Dozentin und im redaktionellen Bereich tätig. Neben dem Übersetzen widmet sie sich verschiedenen Formen der Druckgrafik.

Patricia Schröder

Lilly – Total verrückt und auch ganz anders

ca. 224 Seiten, ISBN 978-3-570-22583-7

Die 11-jährige Lilly hat ein großes Herz und sprüht vor verrückten Ideen. Und mit ihrer Wundersprüchebox, in der sie allerlei lustige Sprüche sammelt, hat sie noch jedes Problem gelöst. Zum Beispiel, wie man es den nervigen Nachbarsjungs heimzahlt, wenn die Lilly und ihre beste Freundin Blümchen mal wieder geärgert haben. Doch als die neue Mitschülerin Yassi in ihre Klasse kommt, wird aus Spaß Ernst. Denn Yassi wird von allen gehänselt und jemand spielt ihr böse Streiche. Für Lilly ist klar: Sie muss Yassi helfen. Und es wäre doch gelacht, wenn nicht auch hier die Wundersprüchebox helfen könnte.

cbt

30360

www.cbj-verlag.de